集英社オレンジ文庫

ひきこもりを家から出す方法

猫田佐文

もくじ

イラスト／寄藤文平

ひきこもりを家から出す方法

僕がひきこもりになって十年が過ぎた。

今は二十四歳になるらしい。正直、歳《とし》なんてどうでもよかった。

僕がこの十年間、散らかった部屋でやってきたことは至ってシンプルだ。

パソコンでアニメや漫画を見て、ネットゲームをやって、掲示板に書き込む。あとはネットサーフィンをするくらい。

アニメは最新話無料のサイトがいくつかあるし、ゲームは基本無料のもので事足りる。掲示板には鬱憤《うっぷん》を晴らしにいっていた。

僕の趣味にお金は一切掛からない。そもそも払う金なんて持ってなかった。

一言で言えばパソコンをして、僕はこの十年間を過ごしていた。

そして、それはこれからもそうだ。

僕の日常は、生活は変わらない。

眠りにつくのは朝の十時。起きるのは夜の八時。毎日リズムよく十時間の睡眠をとる。

食事は一日二回。寝る前と起きてからだ。寝る二時間前に母親が作った朝ご飯を食べ、起きてから一時間後に晩ご飯を食べる。

食事はプレートにのって部屋の前に置かれていて、食べ終わったらそれを外の廊下《ろうか》に置いておけば母親が回収する。

僕が部屋を出ることはほとんどない。食事のプレートを出し入れするのとトイレ、そして週に一度か二度、お風呂に入る時だけだ。その時には髭《ひげ》も剃《そ》る。

この十年で視力は随分《ずいぶん》悪くなった。それでも中学の時に作った眼鏡《めがね》をかけたままだ。見づらいけど、眼鏡を作り直すには外に出なければいけない。なら多少見づらくても我慢した方がマシだ。目を凝《こ》らせば見えないこともない。

僕はゲームをしながら部屋にまとめて置いてある水のペットボトルをごくごくと飲んだ。二リットルなので結構重い。

これも月に何度か親に買ってこさせている。その時に空《から》のボトルと交換していた。お菓子とか欲しいものも同時に頼めばそれも買ってきてくれる。

ゴミはゴミ袋に溜め込んでいて、本当に我慢できなくなる時までは部屋の中に放置していた。今じゃ膨《ふく》れたゴミ袋が六つほどベッドの横で転がっている。

今やってるのは無料のオンラインゲームだ。夕方から零時《れいじ》くらいにかけては人がたくさんいるけど、朝の三時にもなると人が減る。みんな明日の予定があるらしい。この時間にやってる奴はフリーターかニートくらいだ。

高学歴自慢やリア充自慢をする奴はいるけど、そんなのはただの見栄だってことくらいみんな分かってる。だって、そいつらからは僕と同じ匂《にお》いがするからだ。

仲間がいなくなると途端につまらなくなり、別のゲームを起動させる。さっきはＲＰＧ、今度はシューティングゲームだ。これも無料でプレイできる。

だけどやってすぐに嫌になった。相手が上手《うま》くてボコボコにされた。怒りで手が震えてくる。まるで存在を否定された気分だ。

僕はアカウントを切り替えた。悪さ用のサブアカウントだ。そしてネットで見つけた自動で敵をロックオンしてくれるチートツールを起動させる。

そこから僕は無敵だった。ボコボコにされていた敵を一方的に倒していく。

「ははっ！　死ね！　死ね！　死ね！　お前らみんな死ねよっ！」

楽しくなってきたところでいきなり画面が暗転して動かなくなった。

そしてこう表示された。

『あなたのアカウントは違法行為により削除《さくじょ》されました』

どうやら誰かが通報して運営が動いたようだ。

僕は苛立《いらだ》って近くにあったペットボトルを殴《なぐ》った。べこんと音がして、ペットボトルは転がっていく。

それを見ているとなんだか虚《むな》しくなって、大きな溜息が出た。

最近、こんなことばかりだ。なにをやってもつまらない。さすがに十年も同じ生活をすると飽《あ》きてきた。それでも、他にやることがない。

なにかをするにはお金がいる。それか外に出ないといけない。どちらも僕には無理だ。

ペットボトルは窓の近くまで転がり、キラキラと光った。

顔を上げてそちらを見ると、もう朝陽が上がっている。

光は闇に隠れていた汚い部屋とその主の醜《みにく》い姿を照らし出していく。

くすんだ色のスウェットを着て、髭が伸びた僕の顔がディスプレイにぼんやりと映った。

ちょうど顔の真ん中に文言が表示されていて、判子《はんこ》でも押されたようだ。

『あなたのアカウントは削除されました』

その言葉は、僕の人生を如実《にょじつ》に表していた。

一話

「影山《かげやま》くんって、なんかきもいよね」

中学二年の時、教室に入るとその言葉が耳に飛び込んできた。

どうやら女子が僕の噂《うわさ》をしていたらしい。

何気ない一言だったんだろう。クラス替えをしてすぐだったし、僕はあまり社交的じゃない。成績は普通。体育は苦手。趣味はゲームとアニメ。背も高くなく細かった。

その上あまり人と話さない。話すとしてもゲームとアニメのことだけだ。

だけどそれがまずかったらしい。好きなゲームの話をする時、僕の声は大きくなった。

普段話さない静かな奴がいきなり大声で話し出したら、周りはびっくりしただろう。

それを中学二年生のボキャブラリーで表せば、きもい、だった。

その言葉に当時の僕は酷《ひど》く傷ついた。

女子達は僕に気付くと気まずそうに顔を見合わせたあと、なにもなかったように別の話を続けた。たしかドラマかアイドルの話だった気がするけど、よく覚えてない。

次の日から、学校に行きたくなくなった。

中学生の僕にとって学校は絶対で、その絶対的な存在に拒絶されるとどうしたらいいのか分からなくなった。朝起きると吐き気がして、胸が苦しくなる。全身が異様に重かった。病気かと思ったけど、熱はなかった。

それでも母さんに頼んで学校を休ませてもらった。休んでいる間もずっと女子達が僕の悪口を言っているような気がして、気持ちが悪くなった。

一度休むと癖《くせ》になってなかなか学校へ行けなくなった。それが一週間も続くと行かないといけないって気持ちすら薄くなっていく。

気付くとクラスメイトは中学を卒業し、高校を卒業し、大学を卒業していた。

その間、僕はこの八畳《じょう》ほどの部屋でただただじっとしていた。

なにもせず、時が経つのを恐れながら、時が過ぎるのを待っていた。

僕がヒキニートになった理由は以上だ。

今では髭が生え、声は変わっていた。肌の張りもないし、顔もやつれている。

あれから外に出たのは数える程しかない。親に連れられてカウンセリングを受けたくらいだ。でもどうしてひきこもったのか、僕はその理由を誰にも言えなかった。

親にもカウンセリングの先生にも面倒そうに来た学校の担任にも言わなかった。

理由は簡単だ。恥ずかしかったから。

女子に悪口を言われたから学校へ行かなくなりました。こんな情けないことを誰かに言う勇気は僕になかった。不良に殴られた方がまだ格好が付く。

なにも持ってない僕だけど、プライドだけは高かった。もしかしたら、なにも持ってないからこそ、プライドが傷つくことを避けようとしたのかもしれない。

なにより親に心配をかけるのが嫌だった。自分が弱い人間だと認めることも。

だけど今となってはどうでもいい。いや、時々思い出しては腹が立ったり、悲しくなったりはする。だけど、もういい。そんなことを本気で悩む時期は高校くらいで終わった。

悩み込んで、考え込んで、一人で勝手に苦しむ。もうこの一連の作業が面倒になった。

今の問題は過去じゃない。未来だ。この十年間で僕はすっかりひきこもりの生活に染まってしまった。ここから抜け出すビジョンが全《まった》く見えない。それでも一応考えてはいた。

両親はもうすぐ六十代だ。父さんはサラリーマン。母さんはスーパーでパートをしている。そういえば最近ちらりと見た時、しわや白髪が目立つようになっていた気がする。

もし二人共定年で働かなくなったら？　年金っていくら貰《もら》えるんだろう？　それでも生

活はできるとして、その先は……？

僕の中で黒いなにかが広がっていく。未来のことなんて考えたくなかった。だけど考えないといけないことも知ってる。

想像すると気分が悪くなった。吐き気がするし、お腹も痛い。こうなると僕はいつも布団に入って目を閉じた。

眠って、起きたら、気分はましになる。早く寝たい。でも疲れてないので寝付きは悪い。こうなるたびに深く後悔《こうかい》する。そしてもう未来のことは考えないようにしようと決意した。考えたってろくな案は浮かばないからだ。

いっそ犯罪でもして捕まろうかと考えたこともある。どこか高いところから飛び降りて、このくだらない人生を終わらそうとも。けど妄想が進むと途端に怖くなって我に返った。そしてその恐怖を振り払うように布団にくるまって震えるように眠るんだ。

ゲームをするとそんなことも考えないですむ。漫画やアニメもそうだ。現実を忘れさせてくれる。優秀な別の誰かになりきれるんだ。

掲示板で誰かを叩いている時は自分がニートなんてことを忘れて、社会の一員になった気がする。偉そうに正論を書き込めば、別の誰かが追随《ついずい》してくれて安心した。パソコンは唯一、僕を落ち着けてくれるものだった。

それでも、どうしようもなく考えてしまう。

鏡の中には歳《とし》を取って髭が生えた男がいた。肌は白く、髪はたまに切っているけどぼさぼさだ。目には生気がない。

あと十年したらもっと髭が濃くなり、しわが目立つんだろう。もう十年したら髪が禿《は》げて、腹が出てくるかもしれない。その十年後は？　二十年後はどうなる？

遠い未来を考えると僕は叫びたくなった。悲鳴を上げたくなった。それでも口を押さえて必死に黙っていた。

一定周期でそれはやってくる。そしてその間隔《かんかく》はどんどん短くなっていた。

僕の未来はどうなるんだ？　真っ暗じゃないか！

ネットのニュースで孤独死って言葉が飛び込んできた。他人事《ひとごと》に思えなかった。

両親が死んだら僕は生活ができなくなる。食べ物だってすぐに底を付くだろうし、お金だって持ってない。あとはただ、死を待つだけだ。

この部屋でひっそりと息を引き取る年老いた僕にゾッとしながらも、そんなことは起こらないと現実から目を背けて眠った。

こんな恐怖がまた何度も何度も僕を襲ってくると思うと怖くて怖くてたまらなかった。

起きて目を開ければまた現実が待っている。なにも変わらない、朽《く》ち果てた現実が。

それでもずっと眠っていることはできない。お腹も減ったし、喉《のど》も渇《かわ》いた。シャワーだって浴びたい。僕は重い瞼《まぶた》をゆっくりと開いた。

すると可愛《かわい》らしげな女の子が正座をして僕の顔を覗《のぞ》き込み、優しく微笑《ほほえ》んでいた。

「おはようございます。影山俊治《しゅんじ》さん」

彼女は柔和《にゅうわ》な声で僕の名前を呼んだ。挨拶《あいさつ》されるのなんて十年ぶりだった。

世界は制止した。音が消え去り、固定された映像だけを見ている気分にさせられる。

彼女はさらさらしたセミロングの髪をアレンジして後ろでまとめ、カチューシャを付けていた。服はロングスカートの黒いワンピース。その上に真っ白なエプロンを着ている。つまりはメイド服だ。昔のイギリスで紅茶でも淹《い》れてそうなクラシカルな服だった。

目が大きく、鼻筋が通っていて、肌は透き通るように白くて綺麗《きれい》だった。歳は高校生くらいだろうか。まだ若い。瞳の色が日本人とは違っている。

かわいい……。思わずそう言いそうになって僕は口をつぐんだ。

絶望した。僕は遂《つい》に幻覚を見るようになってしまったんだ。

きっと十年間にも及ぶ鬱憤《うっぷん》が彼女を作り上げたんだろう。

確かにこんな妄想をしたことは何度もある。綺麗な女性が僕の部屋にやってきて、その、なんだ、色々と起こるんだ。

だけどそれはあくまでも妄想だ。目を開ければ消え去る幻に過ぎない。

僕は何度か瞬きした。それにもかかわらず、可憐《かれん》なメイドはそこに居続ける。

僕がポカンとしていると、美しいと表現できる微笑が向けられた。

「はじめまして。わたし、綾瀬《あやせ》クリスと申します。今日からこの家の家事を任されることになったハウスキーパーです。以後、お見知りおきを」

一分の淀《よど》みもないなめらかな日本語と共に、女の子が丁寧《ていねい》にお辞儀《じぎ》をする。さらりと髪が揺れ、良い香りがした。その香りが僕にこれは現実だと告げる。

この子は本当にここにいる。幻覚じゃなく、実在するんだ。

急に体が震えだした。いるはずのない場所にいるはずのない女の子がいる。プールの中でホホジロザメと会った気分だ。フリーズした僕を見て、女の子は謝った。

「申し訳ありません。挨拶をしようとノックをしたのですが、返事がなかったので心配になって入っちゃいました。これからはこういうことがないようにしますね」

女の子が優しくはにかむ。だけど、僕はなにが起こっているのか分からない。

彼女の声は幻聴とは思えないほどくっきりと聞こえた。清流のように澄んでいる。それでいて聞くだけで耳が幸せになるような甘さもあった。

計算の遅い脳が彼女は紛《まぎ》れもなく現実だと告げた瞬間、僕は猛然とあとずさった。

息を荒げて窓側の壁を背にする。変な汗が流れ、心臓が跳ね回った。

寝起きの頭は水をかけられたようにしゃきっとして、状況が鮮明になる。

見知らぬ女の子が僕の部屋にいる。それもなぜかメイド服を着た美少女が。

分かれば分かるほど僕は混乱した。誰かが頭の中を棒で掻《か》き混ぜているみたいだ。

女の子は薄いピンク色の唇を動かした。

「では俊治さんも起きたことですし、お掃除させてもらいますね」

僕は震えていた。いきなりのことなので思考はできず、脳が逃げろと命令を出してもひきこもりなので逃げ場はなかった。

この部屋が世界で唯一の逃げ場だ。なのにそこへ見知らぬ女の子がするりと入ってきた。

僕の口はあわあわと動くが、まともに発声できない。出るのは息だけだ。

そんな僕を見て、女の子は可愛らしく微笑み、小首を傾《かし》げた。

その瞬間、僕の中でなにかが壊れた。

「うわああああああああああああああああああああぁぁぁぁぁあっ！」

人だ。人だ。人だ。それも女の子だ。

気付けば僕は立ち上がり、彼女の隣を通り抜け、出口へと走り出していた。

ドアを開けて廊下《ろうか》に出るとすぐに閉めた。荒い息をなんとか落ち着かせる。

それでも見えなくなるとやっぱり幻覚じゃないのかという考えが浮かび上がってきた。

今度は別の不安が首をもたげる。

「僕は病気じゃない。僕は病気じゃない。僕は病気じゃない」

そう自分に言い聞かせ、意を決してドアを開けた。

するとやはりそこには女の子がいた。正座してこちらを見て、にこっと笑った。

僕は震える手でドアを閉め、廊下でへたり込んだ。訳が分からず体育座りをして、膝に顔をうずめる。

あれは誰だ？　なんで僕の部屋にいるんだ？　どうしてこんなことになったんだ？

疑問は浮かんでも答えは一向に出なかった。

吐き気がした。でもこんなところで吐けないから我慢するしかない。少しして収まると、今度は喉が痛くなってゴホゴホと咳《せき》が出る。胃液で喉が焼けたみたいだ。

「大丈夫ですか？」

声が上から降ってきた。見上げるとドアが少し開かれ、女の子が僕を見下ろしている。

しっかりと目が合い、再び時間が止まった。それは僕から出た悲鳴でまた動き出す。

「うわあああああああああああぁぁぁぁっっっっ！」

僕は廊下を走り、階段を転がるように駆け降りた。

だけど一階に降りて気付く。この家に逃げ場はなかった。リビングは行き止まりだし、隣の客間もそうだ。風呂場のドアには鍵《かぎ》がないので心許《こころもと》ない。

結局僕はトイレに逃げ込み、鍵を掛けてガタガタ震えていた。吐き気がして、気持ちが悪くなる。

なんだ？　誰だ？　どうなってんだ？　クリス？　ハウスキーパー？　メイド服？

なんで知らない女の子がここにいるんだ？　あいつらはなに考えてるんだよ？

僕は焦燥《しょうそう》し、狼狽《ろうばい》し、憤《いきどお》った。

昼の間、この家は僕の場所だ。夜は両親がいるし、深夜も安心できないから極力部屋からは出ない。だから昼は唯一僕が気楽に部屋の外に出られる時間なんだ。

それすら奪われたらもう本当に行く場所がなくなってしまうじゃないか。

「いやだ……。誰だ？　誰なんだよ？　なんで僕の部屋にいるんだ？　意味分かんないよ」

その場にへたり込み、頭を抱えていると、なにかの音が聞こえてきた。洗面所の頭上にあるのは僕の部屋だ。僕はしばらくじっとしたままその音を聞き、そして気付いた。

「……モーター音？　……もしかして」

ハッとして洗面所から出る。すると掃除機の音がはっきり聞こえた。女の子が僕の部屋にいて、掃除機の音がする。その事実に僕は震え上がった。

気付くと僕は階段を上がって、部屋に戻っていた。震える手をなんとか押さえてドアを開けると、やっぱりあの子が掃除をしていた。

全ての窓は開けられ、部屋にあった淀んだ空気は勢いよく流されていった。

僕にはそれがとてつもなく不安だった。十年間溜め込んだ負のオーラを引き剝《は》がされていく感じだ。それが良いものじゃないのは分かってる。でもずっといた世界なんだ。ずっと吸っていた空気なんだ。いきなりなくなったら怖い。

だけどそんなことをいくら恐れても、僕の世界を形成していたなにかは窓から飛んでいき、掃除機に吸い込まれている。

僕はそれを呆然《ぼうぜん》としながら見ていた。女の子は掃除機をかけている。汚れたカーペットはそんなことだけじゃ綺麗にはならないけど、ゴミやチリは吸われていった。

鼻歌まじりで楽しそうに掃除をするメイドさんに僕は見とれていた。

それは彼女が可愛い女の子だからというより、あえて言うなら人だから。

久しぶりに人を見た僕は混乱していた。

なにより、僕の汚い部屋を綺麗な女の子が掃除機をかけるこの絵が美しく思えた。

だけどその感情とは別に胸の中で恐怖の塊《かたまり》が姿を現す。気付けば僕は叫んでいた。

「な、な、なにやってんだよっ？　ひ、人の部屋に勝手に入って！」

僕の乱暴な問いに、女の子は手を止め、掃除機を止めた。そして呑気《のんき》に答える。

「なにって、お仕事です。申し訳ありませんが俊治さんは少し待っていてください。すぐに終わりますから。どうしてもと言うならやめますが」

女の子はまたニコッと笑い、再び掃除機をかけ始める。

その笑顔には魔法がかけられていた。再び叫ぼうとする僕の口を塞《ふさ》ぐ魔法だ。仕事と言われると邪魔するのが悪い気がして手出しもできない。

気付けば時間が経っていて、溜め込んでいたゴミ袋が部屋の外に出されていく。

女の子はよいしょとそれを持ち上げ、重そうにしながらもこっちに持ってくる。

僕は慌ててドアから離れ、廊下に出た。すると女の子は笑顔で会釈《えしやく》をする。

「では、また来ますね」

それだけ言うと女の子はゴミ袋を引きずり階段を降り、玄関へ行き、帰ってしまった。

残された僕はしばらく立ちすくんだ。

恐る恐る部屋を覗くと、そこには綺麗で整理整頓《せいとん》された空間が広がっている。

部屋の空間を圧迫していたゴミ袋はなくなり、空《から》のペットボトルも持ち去られている。

ベッドには新しいシーツが敷かれていて、見て見ぬふりをしていた埃《ほこり》は消えていた。

がらんとした部屋を見てると口から言葉がこぼれた。

「僕の部屋って、こんなに広かったんだ…………」

まるで新しい部屋に引っ越してきたみたいな清々《すがすが》しさと同時に虚《むな》しさが襲ってくる。

僕の逃げ場は見知らぬ女の子に木《こ》っ端微塵《ぱみじん》になるまで破壊されてしまった。


八年前。

母さんが僕をカウンセリングに連れていっている間に、父さんが部屋に入ってものを捨てたことがあった。

ゲームに漫画、フィギュア。集めていたカード。全部じゃないけど、それ以外にも色々と捨てられた。

帰ってきた僕は唖然《あぜん》とした。胸の内に感じたことのない怒りが湧き上がってくる。

そんな僕に父さんは正論を浴びせ続けた。

「こんなものを集めるからお前は学校に行かないんだ。ゲームも漫画も役に立たない。このままでいいと思っているのか？　中学を出ただけじゃろくな職につけないぞ」

なんの反論も浮かばなかった。それは僕が感じていた不安そのものだったからだ。全部分かっていて、それでも必死に蓋《ふた》をしていたものだった。

気付いたら僕は意味のない言葉で叫んでいた。近くにあるものを手当たり次第に投げ、壊し、親の制止も聞かずに暴れ回る。壁には穴が開き、ガラスが割れた。

母さんは悲鳴を上げ、遂には父さんが僕を殴《なぐ》った。殴ったというよりは強く押した。体に痛みを感じた僕は益々混乱し、気付いたらキッチンへ行って包丁を取りだしていた。

「うるさいうるさい！　お前ら全部うるさいんだよっ！　もう僕に構うなっ！」

あの時に見た両親の表情は忘れられない。あれは自分の息子を見る目じゃなかった。理解できないなにかを見る目だった。

それから両親は、特に父さんは僕と会話しなくなった。

あの時は誰かが部屋に入ることさえ苦痛だった。耐えきれなくて本当に殺してやろうとも思った。なのに今は見知らぬ女の子が掃除機をかけていても手さえ伸ばさない。

どうしてだろう？　あの女の子が綺麗だから？　それとも心のどこかでこれを望んでいたから？

僕の心に変化があったのかは知らないけど、あえて言うなら落ち着いたんだろう。いや、諦めたと言うべきかもしれない。どうでもよくなった。なにが起きてもどうせ僕の人生は変わらない。部屋が綺麗になっても、汚れたままでも、僕は僕だ。

中卒のひきこもり。オタクでニートの二十四歳。

僕のことを世間がどう思うか。それは僕自身が一番よく知っている。

ごろんと寝転がり、がらんとした部屋で風に吹かれ、窓の外に広がる空を見上げた。

僕もこの景色もひきこもった時からほとんど変わっていない。

壁を見ると壊れて動かなくなった掛け時計が磨《みが》かれて綺麗になっていた。そうか。この部屋では時間が止まっていたんだ。それをあの女の子が動かし始めた。そんな気がした。

だから怖くなって必死にまた止めに入る。それができるのかは分からないけど、僕はなんとか抵抗して動かない気でいた。

ふと見慣れないものが部屋の壁にかけられているのに気付いた。カレンダーだった。

一箇所《かしょ》に赤いペンで丸がしてある。僕はしてない。きっとあの子がしたんだろう。

「……そうか」

そこでようやく理解した。

今日は四月三日。僕の誕生日だ。

僕は二十五歳のひきこもりになっていた。

自然と笑みがこぼれる。

心の底から死にたくなった。

○

四月二日。

日曜日の正午。二階では息子の俊治が眠っている時間だ。

影山家のリビングには夫婦と対峙《たいじ》するように一人の女が椅子《いす》にもたれて座っていた。

シスターだ。修道服を着た美人だった。きめ細かい肌に切れ長の目。長い黒髪がさらりと揺れる。スタイルもよく、腰はくびれ、組まれた足は長かった。

シスターは首からぶら下げた十字架型のオイルライターの蓋をカチャリカチャリと開けたり閉じたりしていた。まるで信心深さを感じさせない雰囲気《ふんいき》を纏《まと》っている。

その姿にシスターを招いた影山夫婦は不安そうに顔を見合わせた。

「もう一度確認します」

シスターはよく通る声で言った。

聞く者に威圧感を与える声に影山夫妻は「はあ」と会釈する。

シスターは十字架の描かれた黒い手帳を取り出した。

「影山俊治さんは中学二年生の春から十年間ひきこもっている。原因は話したがらない。しかし学校生活になんらかの原因があったのは確かだとご両親は思われている。部屋からは出たがらず、家族ともほとんど会話をしない。話すのは母親がミネラルウォーターのボトルを運ぶ時くらい。その時はどんなお話を?」

痩《や》せた母親は体の大きな夫をちらりと見てからシスターに話した。

「その、特別なことはなにも。あれが欲しいから買ってこいとか、食事に嫌いなものが入っていたから二度と入れるなとか。そんなことです」

「それになんと答えています?」

「ええと……。大体は分かったたって……」

気の小さい母親の話を聞いて、隣の父親は腕を組んだ。

「お前がそうやって甘やかすから俊治はああなったんだ」

母親はなにも答えず、悲しそうに俯《うつむ》いた。

シスターはまたライターをいじりながら手帳に目線を落とした。

「俊治君の趣味はパソコン。具体的にはゲームにアニメ、サイト巡りですか」

すると父親が苛立《いらだ》って言った。

「ひきこもりにパソコンなんて渡すから悪化するんだ。さっさと捨てて、社会復帰させせないとどうしようもなくなる。そうでしょう？」

同意を求める父親にシスターは告げた。

「それには同意できかねます。ゲームにアニメ。大いに結構」

「はあ？　本気で言ってるんですか？　あれがそもそもの原因でしょう？」

父親は呆《あき》れていた。シスターはその鋭い目で父親を見つめた。

「ゲームをしたりアニメを見る人はたくさんいます。ですが彼らがひきこもっていますか？　答えはノーです。ゲーム好きの社会人はたくさんいますし、アニメの話を学校でする学生も珍しくない。むしろ彼らは自分の趣味をコミュニケーションツールとして使っています。それに趣味にはお金がかかります。その資金を確保する為に働いている人も大勢いるでしょう。オタクだからひきこもる。その考えが根本的に間違っていることを影山さんには理解してもらう必要がありますね」

シスターの言葉はある程度父親を納得させた。しかし、父親も年下の女に否定されてむざむざと引き下がることはしなかった。

「……まあ、それはそうかもしれません。会社の若い社員でゲームをしている奴らはたくさんいます。ですが、いわゆる中毒になっているんじゃないでしょうか？　ほら、最近ニュースになっているじゃないですか」

シスターはこくんと頷《うなず》いた。

「なるほど。ゲーム依存症を気にしておられるのですね？」

「そうです。あいつの部屋の前を通ると、いつもマウスやキーボードをカチカチする音が聞こえるんです。絶対に中毒ですよ」

「その件に関しては彼が寝ている間にスパイウェアを仕込んで調べさせてもらいました。率直《そっちょく》に言うと、幸運なことに依存症とまではなってません」

「どうしてそんなことが分かるんですか？」

「プレイ時間です」

シスターはどこからか紙を一枚取り出して、テーブルに置いて見せた。

「調べたところ。俊治君はいくつかのゲームを掛け持ちしています。そして一タイトルあたりの平均プレイ時間は一日三時間程度しかありません。一時間を切るタイトルもありますし、まったくやらない日もある。そういう日はアニメを見たり、漫画を見たりしていますね。まあ違法サイトも含まれているので褒められたことではありませんが」

「い、一日三時間って言っても一つを三時間でしょう？　合わせればすごい時間になる」

「ええ。しかし彼は休憩を挟んでいます。長時間連続してやり続けることはほとんどありません。依存症というのは文字通り依存する症状です。本人の意志でやめることができない状況を言います。そういった点では、俊治君はまだそうなっていないと言えるでしょう。ただし、非常に危険な、あと一歩進めばそうなってしまう状態に変わりはありませんが」

「な、なら、やらせるなんて駄目でしょう？　早く取り上げないと病気になる」

「さきほども言いましたが、それには賛成しかねます」

「どうしてだっ⁉」

父親は声を荒げた。母親は心配そうに見つめる。

しかしシスターは平然としていた。こういうことには慣れているようだ。

「パソコンが、ネットが俊治君の唯一と言っていい社会参加の機会だからです」

「社会……参加？　パソコンが？」

「ええ」

シスターは頷いた。

「馬鹿馬鹿しい」父親は首を横に振る。「あんなもの全ては仮想でしょう？　あれが社会だなんて、ありえない」

「いいえ。そこに人がいて繋《つな》がりがあればそれは社会です。少なくとも、私はそう定義しています」

シスターは出されていた紅茶を一口飲んでから尋ねた。

「お父様は社会を形成する上で最も重要な要素はなんだと思われますか？」

　突然の質問に父親は首を傾《かし》げた。

「さあ……」

「私が思うに、それは『共感』です」

「共感？」

「ええ。人は共感なしにコミュニティーを作り得ません。例えば学校は勉強、職場には仕事という共通の目的があります。ただ、それだけで人は結びつかないでしょう？　みんなが勉強をするからと集まった学校で全員と仲良くなれますか？　答えはノーです。ならなにが人を結びつけるのか？　その答えが共感です。あれが好き。あれが嫌い。そういった趣味趣向が合った者が集まり、仲間、友達、グループと名称は様々ですがコミュニティーを作ります。そして、コミュニティーを作る上で最も手っ取り早く強力なのが趣味です」

　そこでシスターはリビングに置いてあったゴルフボールを指差した。

「お父様も同じ趣味の友人がいませんか？」

「ま、まあ……。それはいますが……」

「でしょう？　ですからせっかく持った趣味を奪い取るというのは、ひきこもりから脱却する上でも重要かつ強力な武器を手放すのと同じことだと私は考えています」

シスターはニコリと笑った。凄《すご》みのある笑みに父親は納得したように何度か小さく頷く。

「分かりました……。ですが、やはりやりすぎはよくない」

「その通りです。すべてにおいてやり過ぎはよくありません。いつでも大事なのはコントロールです。人間は自分で自分をコントロールできなくなる時にいつも問題を起こします。しかし、少し安心しました。もし俊治君がいわゆるネトゲ廃人なら、依存症の克服から始めなければなりません。もちろんうちには各症状に応じた専門の職員がおりますが、依存症の克服は簡単ではありません。ですから大事なのは予防です。そういった点ではご連絡されたタイミングは絶妙だと言えるでしょう」

その言葉に両親は少しほっとした。シスターはまたライターをカチャカチャ動かしながら手帳をめくる。すると母親が灰皿を持ってきた。

「あの……これ……」

「ああ、すいません。ですが結構です。これは癖《くせ》でして。禁煙中なんですよ。こうしていると落ち着くんです。お恥ずかしいことですが、依存症の怖さを身を以《もっ》て学んでいるところです」

シスターはばつが悪そうに苦笑した。

夫婦はそもそもシスターが喫煙《きつえん》するべきじゃないと思ったが、言わなかった。

「話を戻しましょう。ええと……、日常的な暴力はないんですね？」

「……はい。一応」

母親が答えた。

「一応？」

「その……、わたしにはありませんが、たまに壁を叩いたり、なにかを倒す音が聞こえます。夜なのでびっくりすることも少なくありません」

隣で父親も頷いた。息子とは生活リズムが違うので、起こされてイライラしていた。

シスターは手帳に記入しながら尋ねる。

「なるほど。では叫んだり、奇声をあげたりは？」

「それも少し……。多分、ゲームで負けた時だと思うんですが、よく分からない文句を言っている時があります」

「意味は分からないけどそれはちゃんとした言葉なんですね？　分かりました。食事は？しっかりとってますか？」

「はい。一日二食。本人がそれでいいと」

「部屋の前に食事をのせたプレートを置いているんですね。決まった時間に？」

「そうです。遅れると怒るので……」

「暴れ出したりするんですか？」

「いえ、どうして遅れたんだって責めるんです……」

「それにはなんて返事をしますか？」

「えっと……。ごめんなさいって………」

母親は責められている気がしてまた俯く。

「謝るんですね。なるほど」

シスターはメモを取り、頷いた。それから手帳を読み返し、ある場所で止めて、尋ねた。

「……八年前に包丁で父親を脅《おど》したとありますが、それはどうしてですか？」

シスターの質問に父親は気まずそうに答えた。

「わ、わたしが息子がいない間に物を捨てたんです……。それに逆上して……」

それを聞いてシスターは溜息をつき、父親は肩を落とす。

「自分の所持品を勝手に捨てる。それは相手がひきこもりじゃなくても怒りますよ。家から帰る途中、お父様のゴルフクラブがリサイクルショップに並んでいたらどう思います？」

父親はなにも言い返さずに落ち込んでいた。

反省の色が見えるのでシスターはそれ以上追及しなかった。

「しかし、それでも俊治君は刺さなかった。これはプラスとして考えましょう。その後に暴力を振るわれたり、殺すなどの暴言もないんですね？」

「はい。そこまで直接的なのはありません……」

母親が不安げに答えるとシスターは優しく笑った。

「そうですか。暴力や暴言に悩む家族も少なくありません。その点、あなた方は幸運と言って良いでしょう。俊治君は根が優しいんですね」

「そ、そうなんです。昔から優しい子で、喧嘩《けんか》なんてめったにしませんでした。だから、きっとわたし達に心配をかけないようになにがあったかを言わないんだと思います」

母親は息子を褒められて嬉しそうだった。シスターもまた小さく安堵《あんど》していた。

「そうですか。気分を損《そこ》なわれるかもしれませんが、我々はひきこもりを五段階にランク付けしているんです」

「はあ……。それで俊治は？」

「我々の定義によると、俊治君のランクは2から3と言ったところでしょう。比較的軽度と言えます。十年という期間が気になりますが、まだ二十代ですし、大いに希望があるでしょう。お二人もお分かりでしょうが、始めるなら早ければ早い方がいい」

「それじゃあ……」

「ええ。受けましょう」

　母親の問いにシスターは頷いて答えた。その言葉に両親は喜んで顔を見合わせる。

「そうですか。ありがとうございます」

　二人はようやく迷路の出口を見つけたというように安堵している。

　そこへシスターが真剣な目で告げた。

「お礼を言うのは俊治君が家から出てからです。我々がするのはあくまで補助。ご家族の協力なしにひきこもりが家から出るケースはほとんどありません。ですから、お二人には覚悟を決めてもらいます」

「……覚悟というのは？」

　一転して不安な表情に戻る父親。シスターはテーブルに肘をつき、手を組んだ。

「短くても三年。上手《うま》くいけば五年。普通は十年。それだけの時間、決して俊治君を見捨てない覚悟です」

「十年………」

　父親はその年月に言葉を失った。息子がひきこもっている期間と同じだ。

　こんなことがまだ十年も続くのかと絶望に似た感情が生まれる。しかし母親は違った。

「分かりました」

「お前……」

「だって、もう十年経ったのよ？　このままだったら十年後もきっとこのままだわ……。それなら、少しずつでも前を向かないと。わたし達もあの子も共倒れになるわ」

共倒れ。その恐ろしい言葉に父親の気持ちも決まった。うな垂《だ》れるように力なく頷《うなず》く。

「……分かりました。お願いします……」

父親の承諾《しょうだく》を受け、シスターはまたニコリと笑った。携帯電話を取り出し、連絡を取る。

「私だ。クリスはいる？　そう。すぐに来て。新しい仕事が決まったよ」

その数分後にはチャイムが鳴り、修道服を着た若い女がやってきた。

「クリスです。まだまだ駆け出しですが精一杯頑張ります。よろしくお願いします」

クリスはスカートの裾《すそ》を摑《つか》んで丁寧《ていねい》にお辞儀《じぎ》をした。

若く綺麗《きれい》なクリスの無垢《むく》な笑顔に、影山夫妻はすっかりぽかんとしていた。まさかこんな若い女の子が来るとは夢にも思っていなかった。

それも無視してシスターは胸に手を当て、力強く宣言する。

「ひきこもりのことなら我々『アプリ・ラ・ポルタ』にお任せを」

その後、四人は今後のプランを話し合った。

○

メイドが帰ったあと僕は一通り所持品をチェックした。だけど必要なものはなに一つ捨てられてない。そのことに心の底からほっとした。

一方では十年間溜め込んでいた汚れがなくなり、綺麗《たま》になった部屋は僕を不安にさせた。

そしてなにより、二十五歳になったことが怖くて堪らなかった。普段は年齢なんて気にしないけど、今日だけは別だ。

二十歳《はたち》になった時も怖かった。十五歳も十八歳も二十二歳の時もそうだ。

高校に入る年。大学に入る年。成人する年。社会人になる年。全部怖かった。

今度は二十五歳。

五の倍数は怖い。一つの区切りだ。世の中の認識で言うと立派な大人でもある。

なのに、僕はなにもしていない。

中学の時のクラスメイトはみんな働き、後輩なんかに仕事を教え出す年齢だろう。よく知らないけど会社ってのはそんなものだとネットで見たことがある。

なのに、僕はひきこもっている。

夜空に輝く月を見て、僕は震え上がった。僕を守ってくれたゴミは捨てられ、空気は取り払われた。その上時間まで失っていたことに気付かされる。

僕にはなにもない。空《から》っぽだ。泣きたくなった。死にたくなった。

でも、死ぬ勇気はなかった。本当は死にたくない。

でも、生き方が分からない。僕はみんなが簡単にしている生き方を知らないんだ。

そんなこと誰にも教えてもらってないし、教えてもらっても上手くできる自信もない。

もうだめだ。どうしようもない。お先真っ暗だ。助けてくれと叫びたかった。

誰かここから救ってくれと悲鳴をあげたかった。だけど、僕を助けてくれる人はこの世のどこにもいない。

僕は一人だ。だから、ひきこもる。それしか生き方を知らないから。


「俊治?」

その声で僕はびくっと体を震わせた。ドアの向こうから聞こえたのは母さんの声だ。

いつもはなにも言わずにプレートを置いてくだけなのに、今日は名前を呼ばれた。昼間のメイドといい妙だ。気持ちが悪い。

僕が返事をせずにいると、母さんはコンコンとノックした。

「起きてる？」

　僕は驚いて声を荒げた。

「な、なんだよっ⁉　入ってくるなよ！」

「……うん。ここに置いておくわね。今日はアジフライだから、ソースかけて食べてね」

「分かってるよ！　さっさと行けよ！」

　母さんは部屋の中には入ってこなかった。それでもその気配が僕を怯《おび》えさせた。

　もしドアを開けて話しかければ、僕にとっては侵入されたも同然だ。

　僕は身構えた。なんとか追い出さないといけない。だけど母さんは優しく言った。

「食べたら、外に置いておいてね」

「うるさいな！　いつもそうしてるだろ⁉」

「うん……。そうね」

　一体なんなんだ？　どうにもおかしい。いつもはこんなに話さない。

　警戒する僕に母さんは呑気《のんき》に告げた。

「俊治。今日からお手伝いさんを雇うことにしたから。会ったら挨拶《あいさつ》してね」

「………………は？」

　お手伝い？　それって、昼間のあの子？　あの子を雇った？　これからも来るのか？

いきなりのことで目が回りそうになった。

「じゃあ、おやすみ」

ドアの前から母さんの気配が消えた。階段を降りていく音が聞こえる。

「ちょ、ちょっと待てよ！」

僕は慌ててあとを追おうとドアノブに手を伸ばすが、触れることさえできなかった。

勝手に手が引いてしまう。その手を見ると、情けないほど震えていた。

この家に、他人が入ってくる？　冗談だろ？　だって、そんなことになったら……。

僕は冷えてきた明かりのついていない部屋を見回した。

日光の代わりに月光が入り、部屋を照らしている。カーテンが風でふわりと揺れた。

「……僕は、どこへ逃げればいいんだ？」

その夜、僕の頭は嫌な思い出や不安な未来でいっぱいになった。

今すぐここから飛び降りたい。町中を叫んで走りたい。

でも、布団の中でまるまること以外できなかった。だって、僕はひきこもりだから。

○

シスターは笑顔で言った。

「このクリスは歳《とし》こそまだ十八ですが、しっかりと研修も受け、教会もその実力を認めています。こちらではこの子に主導してもらいます」

クリスは夫婦を安心させるように微笑《ほほえ》んだ。

「まだまだ経験不足ですが、影山俊治さんがひきこもりから抜け出す為、このクリス、誠心誠意尽力いたします」

お辞儀をするクリスに、影山夫妻もつられて会釈する。しかし、まだあどけなさが残るクリスを見て二人に不安がよぎった。気まずそうな父親の代わりに、母親がそれを述べた。

「あの、大変言いにくいんですが、うちの俊治は明日で二十五になる……その、男の子なんです。なので……、万が一……、そちらのお嬢さんが……、ええと……」

「安心してください」

両親の心配を理解したシスターは自信を覗《のぞ》かせる。

「お母様はクリスに事故が起こるのではないかと心配しておられるのですね？」

遠回しの言い方だったが、母親は頷いた。

「まあ、そうです……。そちらのお嬢さんにもしものことがあったら……」

母親はちらりとクリスを見た。

クリスが可愛《かわい》らしく微笑むとシスターはどこか自慢げに手を広げた。

「ご心配には及びません。我々アプリ・ラ・ポルタには多くの更生員がいますが、全職員に護身術の取得を義務づけております。空手《からて》。柔道《じゅうどう》。合気道《あいきどう》。日本拳法。軍隊格闘。それら全てにおいて一定の成績を収めた者でなければ現場には出しません。こちらのクリスも武装したバスジャック犯をなんなく対処できる力量であることを私が保証しましょう」

それを聞いて両親は半信半疑でクリスを見た。そこにいるのはどう見ても可愛らしい女の子だ。するとクリスは柔和《にゅうわ》な笑顔を浮かべ、提案する。

「もし真偽を疑っていらっしゃるなら、リンゴはありますか？」

「リンゴですか？」

母親はぽかんとしている。

「はい。素手でジュースを作れるのがわたしの特技なんです♪」

笑顔ですごいことを言うクリスに両親は圧倒された。

ニコニコ笑うクリスを見て、母親は言い表せない凄《すご》みを肌で感じた。同様の感覚を覚えた父親が小さく咳払《せきばら》いをする。

「い、いや結構……。母さん。この人達はプロだ。任せよう。それに俊治の腕力なんて、そこらの小学生くらいなものだよ」

「そ、そうね……」

影山夫妻の心配はすみやかに霧散《むさん》した。

クリスは革で作られたアンティークの旅行鞄《かばん》を開いた。中からタブレットＰＣを取り出し、起動して二人に見せる。そこに表示された図やイラストの説明を始める。

「こちらが俊治さんがひきこもりから脱するまでのロードマップとなります」

1、部屋から出る。
2、リビングで家族と会話をする。
3、簡単な家事をできるようにする。
4、外に出てコミュニケーションを取る。

そこには文字と共にカンガルーのイラストが添えられている。

子供がお腹の袋から出て、母親と会話し、草を食べ、草原へと出ていくという絵だ。

あまりにもシンプルなロードマップに影山夫妻は不安を滲《にじ》ませた。

それをほぐすようにクリスは愛らしく微笑する。

「ご心配も当然です。すごくシンプルに見えますよね」

「はあ……。そうですね……」

父親は心配そうに頷《うなず》いた。

「ですが、これがひきこもりを解消する上での基本工程となります。もちろん例外はありますが、ほとんど全ての案件がこの段階を踏んでいくと考えて下さい」

クリスが1の図を指差した。

「そして、最も重要なのがこのステップ1なのです。ある意味、これがクリアできたらひきこもりは解消できるとも言えます。少なくとも部屋からは出ているのですから」

父親は納得できていないが、母親は頷いた。

「そう……ですね。部屋から出てくれるだけでも、親としては安心できます。今はあの部屋でなにが起こってるのかさえ分からないので……」

父親も「確かに……」と同調する。

自分の説明を理解してくれたクリスは嬉しそうな笑顔を見せた。

「はい。ですからまずはこのステップ1を目指して頑張りましょう」

クリスの無垢《むく》な笑顔の効果もあり、両親は承諾《しょうだく》した。しかし母親は不安そうだ。

「でもどうしたらいいんですか？　わたしもその、色々とやってみたんですが……」

「どういったことをされたんですか？」

「ええと、手紙を書いたり。メモを渡したり。周りの話をしたりと」

「周りの話？」

「昔近所で遊んでいた子が結婚したとか、たまに行くコンビニでアルバイトのポスターを見たとかです」

それを聞いてクリスは苦笑いを浮かべた。

「申し上げにくいですが、それはあまりよくない話題ですね」

「……やっぱりそうですか。あれからあの子は言葉数が少なくなって……」

母親は過去を思い出して後悔《こうかい》していた。

クリスはタブレットを操作して、別の画面を見せた。

「ひきこもりの方が最も気にしていることが、自分と社会との関わりです。みなさん、本当は社会と関わりを持ちたいと思ってらっしゃいます。しかし、その方法がよく分からないのです。なのに、よく分からないものの話をされたらどう思うでしょうか？　これは普通の人も同じです。知らない話には興味を持ちにくいのです。その上、ひきこもりの方はプライドが高い傾向にあります。知らない話を一方的にされたら、自分はなにも分かっていないと劣等感を抱くようになり、益々社会との関わりを煙《けむ》たがるようになるのです」

そこにシスターが補足した。

「我々がひきこもりに対してしてはいけないと思っていることがいくつかありますが、その中でもよくないのが無言で求人誌などを渡す、または置いておくという行為です。言葉をかけながら渡すのもよくありませんが、無言だと更に悪い。反論もできず、ただただ不満や反抗心が積もるだけです。ピーマンが食べられない子供にピーマンづくしの皿を無言で渡せば、反抗するなと言う方が難しい。いくら体に良いことが分かっていても、食べられないものは食べられないのです。むしろ、良い物を食べられない自分にコンプレックスを抱く可能性まであります。マイナスの効果しか生まないので、決してやらないでいただきたいですね」

心当たりがあったのか、父親は俯《うつむ》いた。それを見てシスターは肩をすくめ、再びライターの蓋《ふた》を開け閉めした。シスターがクリスを見て先を促すと、説明が再開された。

「では、ステップ1に進むにはどうしたらいいのでしょうか？　部屋から出る為に必要なことはなんなのでしょうか？　その答えは、安全と安心です」

「安全？」

「安心……」

父親は不思議がり、母親は不安そうな顔をする。

クリスはまたタブレットを操作して、イラストを出した。

そこには草原にいるはずもないライオンやワニを思い浮かべて怖がるカンガルーの子供が描かれている。ぶるぶると震え、親カンガルーの袋の中に閉じこもっていた。

「ひきこもりのみなさんはどうして外に出ないのでしょうか？　それは外が怖いからです。部屋の外にある世界そのものにストレスを感じているのです。ストレスにさらされ続けると、時には強迫観念や幻覚、幻聴を発症し、精神病を患《わずら》う可能性も孕《はら》んでいます」

「精神病……」

母親の顔は青ざめた。この十年間、常にその不安を感じていたからだ。

クリスは強い意志を込めて頷いた。

「はい。残念ながら、わたし達のクライアントにはそういう方が少なくありません。そうなるとまた別のアプローチが必要になりますし、時間もかかります。その場合は医療機関に通院してもらわないといけません」

クリスの言葉は脅《おど》しや誇張ではなく、事実を述べていると両親は感じた。

母親は押し黙り、父親は膝の上で拳を握って聞いた。

「……ど、どうしたらいいんでしょうか？」

「ひきこもりに特効薬はありません。家から追い出したら治ったと仰《おつしや》る方がいますが、そういった方はひきこもりになっていたのではなく、ひきこもりをやっていた方だとわたしは思っています。つまり社会性があり、就労意欲があるのに面倒だからやらなかった。やろうと思えばいつでもできた方々です。いわゆるニートですね。俊治さんがそういった方である可能性は十年という期間を見ても低いでしょう。ではどうしたらいいか？」

クリスはタブレットを操作した。

そこにはお腹を優しく撫《な》でながら声をかける母親のカンガルーがいた。

「話しかけることです。まずはここからやってみましょう」

「……話す？　やっぱりそれが一番大事なんですね」

母親は知っていたそぶりを見せ、クリスは頷く。

「そうです。外は安全だよ。安心できるよ。そう思ってもらうまで話しかけるんです。これはひきこもりに限りませんが話したことのある人とそうでない人では安心感が全《まった》く違いますよね？　そして安心感は情報量と比例します。その人のことをよく知っていれば、自分に危害を与えるような人間じゃないと分かれば、自然と警戒しなくなり仲良くなれます」

「……つまり、俊治が部屋から出てこないのは」

悲しげな父親にクリスは頷いた。

「ご両親が俊治さんに信頼されていないからです。どんな人なのか知らないのです」

二十四年にも渡り、息子と一つ屋根の下で暮らしてきた影山夫妻にとって、クリスの言葉は大きなショックだった。

それはある意味で家族の否定であり、親の否定でもある。

どこかで分かっていながらも、事実を突きつけられた影山夫妻は困惑した。

頭の中で様々な後悔《こうかい》がよぎっているのがシスターやクリスにも見て取れた。

そこへシスターが口を挟んだ。

「まあ、少々厳しい話ですが、今の日本社会では特段珍しい話ではありません。虐待《ぎゃくたい》。ネグレクト。夫婦喧嘩《げんか》。家出。依存症。自殺。殺人。こういったニュースが絶えないのも、結局は互いを知ることができない不安からなんでしょう。ある意味、それらの事柄よりひきこもりは救いがあります。どちらも被害者なのですから」

クリスは力強く頷いた。

「信頼されていないなら、信頼されたらいいんです。知らないなら教えてあげたらいいんです。しかし仕事や家事が忙しく、そういうことを面倒がってやらない家庭が多すぎます。それはある意味で家族そのものの否定だと思います。なんの為の家族なのか？　まずはそこから考え直してもらいたいと思います。ただ血が繫《つな》がってるだけの関係を果たして家族と呼べるのでしょうか？　なんの為に忙しく働いているのか？　どうして家事を頑張っているのか？　もう一度そのことを見直してみましょう。そうすれば多少疲れていても、コミュニケーションは取れるはずです」

あどけなさが残るクリスだが、その言葉には考えさせられるものがあった。

影山夫妻は結婚し、息子が生まれてからの人生を思い返していた。

話に納得はできたものの、父親は戸惑っていた。

「……でも、昔とは違うんです。おもちゃを買ってきて一緒に遊んだりできる年齢じゃない。むしろそんなことをすれば鬱陶《うっとう》しがられるでしょう？」

「趣味が合うならそれでもいいと思います。ただ本人が拒否するのに無理矢理させたら逆効果でしょう。それよりも毎日、少しずつでもお話をして下さい」

今度は母親が尋ねる。

「具体的にどんなことを？」

「一番いいのは俊治さんが好きな話題でしょう。趣味の話をすると人は心を開きます。同じ趣味があると、同じ嗜好《しこう》を持つ仲間だと認識できますから」

「……じゃあ、ゲームやアニメの話をした方がいいんですね。……でも、言いにくいんですが、わたしはあまりそういうのに興味が持てないんです」

「それなら当たり障《さわ》りのないお話をしましょう。ニュースの話でもいいですし、こんなことがあったと報告するだけでもいいと思います。ただし、本人がコンプレックスを抱く話題は避けて下さい。俊治さんの場合、学校や会社の話題は控えた方が良いですね。まだその段階ではありません」

「えっと、なにを食べたいとかでも？」

「はい！　すばらしいですお母様！　食事は親近感の湧くコミュニケーションです。好きな人を誘う時もまず食事を選ぶでしょう？　それは一緒に食事をすれば互いの仲が縮まるからです。おいしいものをみんなで食べたら幸せですしね」

クリスは喜んで笑った。

初めて年相応の表情を見せた彼女を見ると影山夫妻も自然と笑顔になった。

「そうですね……」

両親はもう十年も息子と食事をとっていない。それどころか夫婦での食事も減ってきている。父親は家に帰るのが遅く、飲んで帰ることも珍しくない。

母親もパートや家事で忙しく、夫が帰ってくる前に寝てしまうことが多々あった。

次の日から、影山夫妻は息子へと関わりを持つ為に行動を始めた。

○

なにかがおかしい…………。僕の日常が音もなく崩れていくように感じる。

傍《はた》から見れば破綻《はたん》しているように見えても、僕の生活は一応順序立っていた。

なのにこの十年で築いた城の石垣《いしがき》が毎日一つずつ抜き取られている気分だ。

部屋の中にいるのに落ち着かない。これも全てあの女が来てからだった。

「俊治。今日はなに食べたい？」

母さんはいつもパートに行く前にそう聞くようになった。これも前はなかったことだ。

ドア越しから聞こえる声はいつもより明るい気がした。

「……なんでもいい」

「なんでもって？」

「なんでもいいって言ってるだろ！」

「お肉とお魚だったらどっちがいい？」

「いいから早く行けよ！」

「……じゃあ、お肉にするわね。昨日はお魚だったから」

母さんはパートに出かけていった。僕はドアに背中をつけて、体育座りをした。

「……………なんなんだよ」

この意味のない問答が苦痛だった。

食事なんて食べられたらどうでもいい。お腹が減ったらお菓子でも食べて凌《しの》ぐだけだ。

だけどこうも毎日言われると、ふと考えてしまう。

「……………今日は肉か」

僕がそう呟《つぶや》いた時だった。

チャイムが鳴って、次にドアの鍵《かぎ》がガチャリと開き、そして誰かが入ってくる音がした。

「おじゃまします。クリスです」

あの女だ。親から鍵を預かってるらしく、いつも昼前にやってくる。

一度チェーンをしてみたが、開いていた窓から入ってきた。いつも元気な声を出して不法侵入してくる。

お手伝いだかなんだか知らないけど、可愛《かわい》ければ全て許されると勘違いしている女だ。

一度力に任せて出ていかそうとしたけど、その背中には不思議な凄《すご》みがあって僕の体が動かなくなった。本能が「やめろ。こいつは危険だ」と警報を鳴らすんだ。結局僕は隠れていたところを女に見つかり、笑いかけられたので急いで部屋に戻った。

それ以降、僕はあの女に脅《おびや》かされる日々を送っている。

部屋の外から聞こえる音で判断するしかないけど、あの子は掃除をしているらしい。

掃除機の音が家中を駆け巡ると、次にはスッとかキュッとかいう音が聞こえる。

これは雑巾がけだろう。ワックスがけかもしれない。そう言えば最近トイレに行く時、床が滑るようになった気がする。他にも風呂やトイレの掃除。洗濯や洗い物などをしているみたいだ。

最初は半信半疑だったけど、どうやら両親は本当に家政婦を雇ったらしい。

どこにそんなお金があるのかは知らないけど、正直不愉快だ。普段僕が家にいるのに、無断で人を雇うなんて馬鹿げてる。

そして女は仕事が終わると毎回階段をあがってきて、僕の部屋の前に来る。

「俊治さん。お掃除がしたいのですが、中に入ってもよろしいですか？」

初めて会った時はなんの許可も取らずに勝手に入って、勝手に掃除していったというのに、次の日からはきちんと許可を取ってくる。だけど僕の返答はいつも決まっていた。

「……いや、いいです」

ひきこもりの部屋に若くて可愛い女の子が入ろうなんてなにを考えているんだろう？

どうやら相当舐《な》められていることだけは確かだ。

「そうですか。ではせめてゴミを回収させてもらいませんか？　ゴミ箱だけでも廊下《ろうか》に出してくれると嬉しいのですが」

「……いいって」

「安心してください。わたし後ろを向いてドアから離れていますから」

それは本当らしく、声の向きが変わった。

このまま居座られたら面倒だと思い、僕は渋々ゴミ箱を持ってドアに向かった。

正直怖い。もしかしたら開けた瞬間、なにかされるかもしれない。罵倒《ばとう》される可能性だってある。おどおどしているところをカメラで撮られてネットで晒《さら》されてもおかしくない。

ドアノブを見ながら、僕は様々な不安に駆られていた。

するとまたドアの向こうから声がした。

「大丈夫ですよ。ちゃんと待ってますから」

馬鹿みたいだけど、その一言で僕はほっとしたんだ。一度だけ、信じてみようと思えた。

恐る恐るドアを開け、ゴミ箱を外に出した。その時、少し廊下の様子を見てみた。

綺麗《きれい》に掃除された廊下にエプロンを付けた女の後ろ姿があった。背筋を伸ばし、気をつけをして、ご丁寧《ていねい》に目まで瞑《つむ》っているようだ。

美しい髪。白い首筋。小さなお尻。細い足首。そのどれもが均整がとれて綺麗だった。

なんとも言えない気持ちになった僕はすぐに部屋の中に戻った。

「ありがとうございます。中身を捨てたらゴミ箱はここに置いておきますね」

お礼を言うと女は一階に降りて作業をして、しばらくするとまた二階に戻ってきた。

「俊治さん。一通り終わりましたので、今日はこれで失礼します。ではまた明日」

服が擦れる音がする。きっとお辞儀《じぎ》をしているんだろう。別れの挨拶《あいさつ》をすると、女は静かに帰っていった。

僕はベッドの上でじっと座って人が一人いなくなった家を感じていた。

家から一人分の音が消える。女が帰っただけでこの家は別のものになった気がした。

元に戻っただけなのに異常な寂しさを感じる。その空気は僕が一人なんだってことを再確認させた。

『ありがとうございます』

頭の中でさっきの言葉が繰り返された。

「…………お礼を言われたのって、いつ以来だろう？」

自分でも滑稽《こっけい》に思うくらい、僕は女の言葉を何度も再生させていた。

夜。母さんが帰ってきた。

「ただいまー」と玄関で言ってるのが聞こえる。

やっぱり変だ。まだ父さんは帰ってないのに。なにより前までは無言だった。

母さんは二階に上がってきて、「今日はとんかつだからねー」とだけ言ってまた降りた。

しばらくして父さんも帰ってきて、下で母さんといくつか会話をしていた。

なにを話していたかはよく分からないけど、二人の会話を聞くのも久しぶりな気がする。

父さんがいつもしているのは会話でなく、ああしろこうしろという命令だ。

すると誰かが二階に上がってきた。すぐに足音から父さんだと分かった。

なんだろうと思って身構えていると、ドアの向こうで父さんは言った。

「俊治。晩ご飯、ここに置いておくぞ。冷めるから早く食べた方がおいしいよ」

ことりと音がしたあと、父さんはすぐに下に降りていった。普段は母さんが持ってくるのに、今日は父さんだった。

冷めるから早く食べろ？

僕は少しむっとしたが、とんかつは好きだったので言われた通りにドアを開ける。

そこにはまだ湯気が上がっているとんかつがあった。口の中が唾《つば》で潤う。

部屋に持ち込んで食べると出来たてのとんかつはおいしかった。

お皿を空《から》っぽにしてドアの外に戻すと、少し経って母さんがやってきた。

「あら、全部食べたのね。おいしかった？」

「……ふつう」

「そう。明日はなにがいい？」

「なんでもいい」

「お母さんお刺身が食べたいんだけど、それでいい？」

「なんでもいいって言ってるだろ。それでいいよ」

「じゃあ明日はお刺身買ってくるわね」

僕はイライラしていて、それには答えなかった。

次になにか言われたら叫んでやろうと思ったが、結局それで母さんは下に戻った。

僕はモヤモヤした気持ちのままパソコンのディスプレイを見つめていた。

もうすぐゴールデンウィークらしく、新幹線が混み合うなんてニュースがある。

そう言えば、新幹線って乗ったことないな。飛行機もだ。車だってしばらく乗ってない。

世間から取り残される気持ちが益々強くなった。

窓の外を見るとアパートが見えた。夫婦が二人の子供と楽しげに食事をしているシルエットが分かる。その光景があまりにも眩《まぶ》しくて、苦しくて、僕はカーテンを閉めた。

　こんな日がしばらく続いた。

　女が来てから二週間が経っている。あれから平日はほぼ毎日女は家に来た。

「俊治さん。ゴミはありませんか？」

「……そこに置いてるから、いるなら持っていって」

　僕はパソコンに向きながら答えた。今はゲーム中だ。

　ドアが軽く開き、女の白くて細い手が伸びる。ゴミ箱の中身をゴミ袋に移しながら、女は楽しげに話した。

「ここに来る途中、アゲハチョウを見たんです。わたしびっくりしちゃって、写真を撮ろうと思ったんですが、携帯電話を取りだしてる間にどこかへ飛んでいってしまいました」

「……へえ」

　正直言ってどうでもよかったけど、僕はゲームをしながら相づちを打つ。

「俊治さんはなんてゲームをしてるんですか？」

　いきなりの質問に僕はちらりとドアの方を見た。ドアの隙間《すきま》から顔を伏せた女の姿があった。僕はまたゲームに向き直す。

「……えっと、……色々だよ」

「今やっているのはなんて名前なんですか？」

なんでそんなことを聞きたがるんだろう？　ゲームに興味があるんだろうか？

「……これは、その……、ドラゴニアソードっていうアクションゲームだけど」

僕はなるべく曖昧《あいまい》に答えた。本当は色々と話したいけど、いきなり饒舌《じょうぜつ》にゲームを語れば気持ち悪がられるのは身を以《もっ》て知っている。女っていうのはそういう生き物だ。

「どらごにあーど？」

「ドラゴニアソード。基本無料だし、人も多いから……やってるだけ……」

だから語るなって、僕の馬鹿。

だけど女はあまり気にしてない様子だ。むしろ興味があるみたいだった。

「そうなんですか。わたし、スマートフォンのパズルを少しするくらいなので、ゲームが苦手なんです。俊治さんは色々なゲームができてすごいですね」

突如《とつじょ》褒められて僕の手元が狂った。画面の中ではキャラクターがダメージで悶《もだ》えている。すごい？　僕が？　そんなこと思いもしなかった。別に下手《へた》じゃないつもりだけど、僕より上手《うま》い人はたくさんいる。プロゲーマーなんて神様みたいだ。

「…………べつに」

僕はまた敵との戦いを再開した。規則正しいドラゴンの攻撃を避け、反撃する。簡単に言えばこの繰り返しだ。ずっと形を変えて繰り返す。ずっと、ずっとだ。

途端にゲームがつまらなくなってきた。それでもやることがないのでやっている。

女は僕の機嫌を察したように会釈《えしゃく》した。

「では、まだ玄関のお掃除が残っているので失礼します。なにかあったらいつでも呼んで下さいね」

女の優しい言葉に僕は返事をせず、黙々とゲームを続けた。

ドアが閉まり、階段を降りる音が聞こえると、僕はゲームをやめてベッドに横たわった。

なんだかんだでここ最近はこんな生活が続いている。気付いたら僕の生活に滑り込んできたあの女は何者なんだろうか？　本当にただのハウスキーパー？

ありえないと僕は寝返りを打った。

こんなどこにでもある家庭にお手伝いさんを雇う余裕があるわけない。

じゃあ、やっぱり目的は僕なんだろう。僕がひきこもりだから、あの子はいるんだ。

陰ではこんな歳《とし》にもなってひきこもっている僕を馬鹿にしているのかもしれない。

いや、そうに違いない。話のネタにする為に僕を利用しているんだ。

きっとあの子は詐欺師《さぎし》なんだ。これだけ家中歩き回っているんだから、もう通帳や現金は盗まれたと思って良いだろう。うちの親は馬鹿だから、騙《だま》されているんだ。そうとしか思えない。でなきゃあんな可愛《かわい》い子がひきこもりの家でメイドをする理由がない。どう考えても不自然だ。それくらはヒキニートの僕にだって分かる。

僕がしっかりしないといけない。そうだ。あいつを追い出すんだ。

でもどうやって？　とりあえず、僕は部屋から出ちゃだめだ。出たら負けだ。僕が最後の砦《とりで》なんだから。そう堅く決心した時だった。

「な、なんですか？　やめてください！」

下から女の怯《おび》える声が聞こえた。

○

男はいわゆるセールスマンだった。

厳しいノルマを課せられ、いつも汗を流して家々を訪問する。

今日も今日とて男は足を棒にして働いていた。

春だというのにうだるような暑さの中、ハンカチは汗で濡れ、Yシャツの下の下着が透けている。腋《わき》のところは汗で色が変わっていた。おまけに腹ぺこだ。

昨日もその昨日も契約はゼロだった。そのことで上司から叱責《しっせき》された男はなんとか機能性布団を売ろうと民家を回っている。

しかし誰も買ってくれない。年寄りを騙そうにもその家族に追い出されてしまった。門前払いは当たり前。警察を呼ぶとまで脅《おど》される始末だ。男には世界が敵に見えた。

そんな時、偶然立ち寄った一軒屋が男を招き入れてくれた。そこにいたのは女中《じょちゅう》だった。それも若く可憐《かれん》な女だ。

女中を雇うくらいなんだからさぞかし余裕のある家だろう。

そう考えた男は持たされたパンフレットを誇張しながら説明し出した。最新式だの、外国製だの、五つ星だのと、とにかく聞き心地の良い言葉を並べまくった。

しかし、値段を見ると女の顔つきはすぐさま変わった。

「俊治さんのお布団は古いので、もしよければと思ったのですが。申し訳ありませんがご両親から許された予算を超えてしまいます。ですので今回は縁がなかったということで」

頭を下げる女の断り方は至極丁寧《しごくていねい》だったが、ようやく見つけたオアシスに裏切られた男は放心した。

その瞬間、男の心にヒビが入った。ぴきっと音が鳴るのを聞いた。

怒りが不安を、絶望が理性を上回った音だった。

気付くと男は目の前で頭を下げる女に手を伸ばしていた。

○

僕は混乱していた。下から聞いた事のない男の声が聞こえる。

「ふざけんじゃねえッ！　お前らみんなして俺を馬鹿にしやがってッ！」

そう叫んでいるのがはっきり聞こえた。やけに共感できる言葉だ。

今家にいるのは僕と女だけ。つまり男は女に言っていることになる。

仲間割れだろうか？　それとも強盗？　まさかあの女の彼氏？

よく分からないが、男は声を荒げ、女は怯えた声をあげていた。

僕は選択を迫られていた。女を助けるか、助けないか。

いや違う。部屋から出るか、出ないかだ。

ドアノブを見つめると一秒が十秒にも思えた。

どうする？　どうするんだ？　どうすればいいんだ？　部屋の外は怖い。なにがあるか分かったもんじゃない。外の世界は僕のことを傷付けるために存在しているようなものだ。

みんなひどいことを平気で言うし、平気でやる恐ろしい世界だ。嘘と偽善で塗り固めて、その上それが当たり前のような顔をしている。

なにより厄介《やっかい》なのは、彼らがみんな自分を善人だと思っていることだ。

そうだ。あの女だって敵じゃないか。僕のことを蔑《さげす》んで、馬鹿にして、利用する女だ。

自分が良いことをしていると酔っているだけの偽善者じゃないか。

外でなにが起きてるかは知らないけど、女を追い払ってくれるなら好都合だった。

ドアノブに伸び掛かっていた僕の手はピタリと止まった。

その時、僕の頭に浮かんだのは女の笑顔と『すごいですね』という言葉だった。

褒めてくれた。いつぶりだろうか？　きっとひきこもって以来だ。

あんな言葉に僕は飢《う》えていたらしい。

年下の女の子にそう言われただけでこんな気持ちになるなんて自分でも笑えてくる。

くだらないけど、どうやら僕を動かすだけのエネルギーがあの言葉にはあったらしい。

気付けばドアを開け、階段を降り、僕は玄関に立っていた。

そこには怯えた女が壁際に追い詰められている。視線の先では僕と同い年くらいの男が迫っていた。意味が分からない状況に慌てた僕は叫んだ。

「だ、だだだ誰だっ!?　誰だよっ！　出てけよっ！　早くっ！」

伝わったかは知らないけど、僕は確かにこう言った。

すると男はこっちを向き、睨《にら》んだ。

「なに言ってるか分からねえよ！　はっきり言え！　カスがっ！」

どうやら相当口ごもっていたらしく、僕は恥ずかしくなった。

一方で男も口では怒っていたが、僕にも分かるほど焦っていた。汗だくだ。

「うううううるさいっ！　うるさいっ！　さっさと出てけっ！」

「なら布団買ってくれよっ！　でないと俺はまたあのクソ上司にこき下ろされるっ！」

男はパンフレットを取り出して怒鳴った。

「知るかっ！　布団なんていらないっ！」

「じゃあカーペットはどうだっ！　マイナスイオンが出るぞっ！」

「うるさいっ！　帰れって言ってるだろっ！」

怒った僕は男の方に走って、ぐっと押した。だけど男は一歩二歩後ずさっただけだった。

その非力さに男は驚き、押した僕さえも驚いていた。

男はスウェット姿の僕を見て、なにか分かったらしくにやりと笑った。

「……はは。わかった。お前、ニートだろ？　いやひきこもりか？」

バレた――

僕は思わず後ずさってしまった。それを見て男は逆に一歩進んだ。

「な……なに言ってんだよ……。ぼ、僕は……違う……」

「ああ、そうかい。どのみち、平日の昼間に家にいるんだ。ろくな奴じゃないな」

男は僕を見下すようにあざ笑った。

心臓は早く鼓動し、息がしづらかった。目線が定まらず泳いでいるので世界が揺れた。

頭の中では色々な言い訳を考えていたけど、口からは出てこず、もごもごと動かすだけだ。それはますます男を機嫌良くさせた。

「図星か。まったく。ひきこもりなんて社会のゴミなんだよ。それが偉そうに出てけって。お前は何様だ？　どうせこの家も親が建てて金も入れてないんだろ？　そんなお前が社会人の俺に文句言う資格があんのかよ？　金も稼《かせ》いだことない奴に俺の気持ちが分かるのか？　ああ⁉」

心がナイフでえぐられるようだった。

そして男が言ったことは、僕がずっと考えていたことでもあった。

嫌な汗が流れる。息ができなくなる。早く部屋に戻って布団に入りたかった。

「なんとか言えよクソニート！」

男は僕の方へずかずかとやってくる。

怖い。逃げたい。でも僕の足は動かなかった。目に涙が滲《にじ》んだ。

その時、僕と男の間に女が腕を広げて割り込んだ。男は怒鳴った。

「どけよ！　甘やかしてるからひきこもりが治らないんだ。俺が引きずり出してやる！」

「どきません！」

女は凛《りん》とした声で言った。僕は目の前に現れた小さくて、でも力強い背中に目を奪われていた。

「なんなんですかあなたは？　いきなりやってきて俺の気持ちが分かるか？　あなただってひきこもりの気持ちを分かってないじゃないですか！」

「はあ？」

男は眉根《まゆね》を寄せて苛立《いらだ》つ。

「みんなそれぞれ苦労しているんです。悩んでるんです。それは働いているか働いてないかなんて関係ありません。どうしてそれを分かってあげないんですか？」

「意味が分からねえよ。なんで働いてる俺がひきこもりの気持ちを考えないといけないんだ⁉」

「ひきこもりの気持ちじゃありません。人の気持ちです！　あなたみたいに人の気持ちが分からないから、みんなが苦しむんです。悲しむんです。ひきこもりの人達はみんな、ひきこもるほど悩んでいるんですよ？　なのに怠《なま》け者だとか親に甘えているだけだとか勝手なことを言って。あなたは何様ですか？　いくら働いてお金を稼いでいても、あなたには他人を思いやるという人として最低限のこともできてないじゃないですか？」

「……ガキが俺に説教かよ？　働くってのは大変なんだよ！　だけどみんな我慢してやってるんだ。なのにそいつみたいにひきこもってるクズが偉そうにするな！　人の気持ちだと？　社会に出たら誰もそんなもん考えてくれねえよっ！」

「優しさを損得でしか考えられないからそんなことになるんですよ」

「じゃあお前らも俺に優しくしろ！　布団買ってくれよ。そしたら納得してやる」

女は後ろで震える僕を見た。僕はふるふると首を横に振る。

「……それは無理です」

「ふざけやがってっ！　なにが優しさだよ！　ならお前の体で払えっ！」

男は激昂《げっこう》して女の胸に手を伸ばした。

しかしその手は届くかどうかのところで女に捕まった。それと同時に足払いされると男の体が宙にふわりと浮いた。

一瞬世界が遅く動き、男と僕は驚いてぽかんとしていた。

それもすぐに通常速度に戻り、重力が男を正面から床に落とす。痛そうだ。

女は男の手首を摑《つか》んだまま告げた。

「間に合ってますので、お引き取り下さい」

手首が可動域いっぱいにギリギリと捻《ひね》られると、男の顔が歪んだ。

「て、てめえ！　俺にこんなことして――」

「折りますよ？」

「はい。帰ります」

肩と肘がミシミシと、筋肉がメキメキと音を立てるのを聞くと男はすんなりと言うことを聞いた。男は女が手を離すと立ち上がった。

「一応パンフレットは置いていくので、もしよろしければご検討《けんとう》下さい」

「承《うけたまわ》りました」

女が小さくお辞儀《じぎ》をすると、男は青ざめてゴクリと喉《のど》を鳴らした。

そして帰る前に尻餅《しりもち》をついた僕を見て、頭の後ろを掻《か》きながら言った。

「……悪かった。季節外れの暑さでおかしくなってたよ。人生、色々あるもんな。俺も頑張るからお前も頑張れ。うちもそうだけど、どこも人手不足で悲鳴をあげてる。多少の根性があるならいつでも来いよ。まあ、うちはおすすめしないけどな」

それだけ言うと男はあっさりといなくなった。

………なんだったんだ？

女は「冷たいお茶でも出してあげればよかったかもしれませんね」と呑気《のんき》に言っている。

僕は本能的に理解して女を指差した。

「わ、分かった……。グルだな？　お前らそうやって僕を騙《だま》したんだ！」

その言葉に女は不思議そうに首を傾《かし》げ、そのあと苦笑した。

「いえ、先程の方と面識はありませんよ」

「う、嘘だ！　お前ら二人して僕を騙してるんだ！」

「……困りましたね」

女は本当に困ったように横を向いて唇に指をあてた。

そして少し悩んだあと、困った顔のまま微笑《ほほえ》み、僕に手を伸ばした。

「残念ながらわたしを信じてもらうほかに疑いを晴らす方法はありません。俊治さんはわたしを信じて下さいますか？」

その笑顔は反則だった。ルール違反の微笑みだ。僕はなんと言ったらいいのか分からず、意地を張り通すこともできず、ほとんど反射的に手を伸ばした。

もしかしたらこの握手が僕の世界を変えてくれるのではという淡い期待を持ちながら。

女の手を掴んでそのひんやりとしながら柔らかい感触に驚いた。

そして僕はようやく女の子と手を握っているという現実に気付いた。

すると脳内はパニックになり、顔は熱く、背中には汗が流れ、足はふらついた。

きりとする。

そんな状態の僕を女は力強く両手で引き上げるものだから、立ち上がることはできてもふんばりがきかず、そのまま女にもたれかかるような形になってしまった。

「きゃ」と小さな悲鳴が聞こえたと思ったら、地面は傾き、僕の体の下に女がいた。

僕はますます慌てた。腕立てをするような形になると、小さく可憐《かれん》な女と目が合ってどきりとする。

「あ、……頭、打ってない？」

「は、はい……。大丈夫です……。ご心配、ありがとうございます……」

その綺麗《きれい》な目はこの世のものとは思えないほど美しく、肌のきめ細やかさもよく分かった。離れなきゃと思いながらも、僕の目は女に釘付《くぎづ》けになっていた。

「あ、あの……。俊治さん？」

女の声で僕は我に返った。そして彼女を押し倒している現実に気付くと顔が熱くなる。

「……ごめん。す、すぐどくから」

僕がそう言った時だった。玄関のドアが開く音がして、母さんが帰ってきた。

「ただいま……」

母さんは僕を見て呆然《ぼうぜん》とし、僕も母さんに見られて唖然《あぜん》とした。いくら言い訳を考えても、乗り切れる状況じゃなかった。

母さんは持っていた買い物鞄《かばん》を落として言った。

「俊治……。あなた、部屋から出たの？」

母さんが驚いたのはそっちだった。

そう言われ、僕は自分の体が部屋の外に出ているのを理解した。

こうやって誰かと会うことさえ、久しくしてなかったのだ。

そのことに気付くと急に恥ずかしくなった。あるはずの空間がないことが怖くなる。

「ち、違う！」

僕は立ち上がるとすぐさま二階に戻り、自室に入るとベッドに飛び込んだ。

布団を被《かぶ》り、枕で耳を塞《ふさ》ぐ。だけど、どれだけそうしようと事実は変わってくれない。

僕は部屋から出た。それも人がいるところへだ。

下では母さんと女がなにか話をしていた。顔から火が出そうなほど恥ずかしい。

頼むから誤解を解いてくれと願った。

二話

「本当か？」

帰宅した父親がスーツを脱いでいると妻から報告を受けて驚いた。

「そうなの。あの子が玄関にいたのよ。まあちょっとこけちゃったみたいだけど」

クリスからわたしが引っ張りすぎたんですと説明を受けていた母親は嬉しそうにした。

もし息子が若い女の子を襲ったのなら問題があるが、被害者がそう言うならと深くは聞かなかった。それよりも息子が人のいる家で部屋の外に出てくれたことが嬉しかった。

俊治《しゅんじ》が部屋の外に出るのは親が外出している時だけだ。そのせいで土日にわざわざ用を作って家を空けることさえあった。

「そうか……。で、どうだった？　元気そうだったか？」

父親は親戚《しんせき》の子の様子でも聞くようだ。父親が息子の姿を見たのは一年前に偶然廊下《ろうか》で会ったのが最後だった。あの時は急な用事で一度家に帰り、そこで出くわしたのだ。

「ええ。思ったより元気だったわ。ちょっと痩《や》せてたけど。ああやって見ると身長も伸びてたみたい。今はお父さんより大きいんじゃない？」

「そういえば、この前見た時はそうだったな……」

父親は悔《くや》しいような嬉しいような顔になる。

二人は食卓につくとビールを開けた。普段飲まない母親も今日は飲みたい気分になっていた。ハマチの刺身を食べながら父親は言った。

「それにしても早かったな。十年って聞いてたから出てくるのに少なくとも一年はかかると思ってたよ」

「きっとあれはわたし達の覚悟を試していたのよ」

「そうだな」

父親は刺身を食べてから缶ビールをあおった。

食事が終わると父親はソファーでテレビのニュースを見ながら言った。

「あの女の子、これからどうしろって言ってた？」

「今まで通りですって。まだちゃんと部屋の外に出たわけじゃないから」

「じゃあ話しかけていけばいいんだな」

「そうでしょうね」

「だけどあまり反応がないと時々犬にでも話しかけている気分になる。いや、犬の方が吠えたり尻尾《しっぽ》を振ったりする分マシかもしれない」

父親は嘆息《たんそく》し、母親は苦笑した。

「そうねえ。でも変化はあるみたいよ。言葉数が増えたし、変な緊張感も減ってきたわ」

「お前はいいよ。だけど俺は嫌われてるんだろうな。なにを言っても無視だ」

「それもいつかは変わるわよ」

「だといいがね」

肩をすくめる父親が見ていたニュース映像が切り替わった。

それは通り魔逮捕《たいほ》の報道だった。若い女のリポーターが現場でマイクを持っている。

『容疑者の男は長期間のひきこもり状態にあり、親に叱責《しっせき》された鬱憤《うっぷん》を晴らす為に犯行に及んだそうです。男は誰でも良いから傷付けたかったと供述しています』

報道を耳にして影山《かげやま》夫妻は沈黙した。

もし息子がこんな事件を起こしたら。そう思うだけで寒気がする。

父親が長く息を吐くと、洗い物をしていた母親がテレビに向かって言った。

「ひどい言い方だわ。まるでひきこもっていたから犯罪を犯したみたいじゃない。世の中の事件なんてほとんどひきこもりじゃない人が起こしているのに。これじゃあひきこもりが犯罪予備軍だって思われてるわ。あの子はただ傷ついてるだけなのに」

「……そうだな」

父親としては母親の言い分は分かるが、それでも働いてない人間が危ないことをしでかす比率が高いと感じていた。

ひきこもり。ニート。不登校。オタク。彼らはメディアの格好の的だ。社会的弱者を虐《いじ》めても反論は少ないからだろう。

ひきこもりは悪。どちらかと言うと父親もそう思う性格だった。

中・高・大学と野球部だった父親からすれば、息子は極めてだらしなく映る。

だがあのメイドとシスターに言われて考えを改めようと思った。

確かに嫌いなものを無理矢理渡したり、行きたくもない場所に行かせたり、勝手に所有物を捨てられたらその人を警戒するのは当然だ。

もし妻が勝手にゴルフクラブを捨てたら怒り狂うだろう。食事にしても、自分が苦手な魚卵は出さないようにと念を押しているほどだ。

あれから父親自身でも調べてみたが、ひきこもりの家庭では母親と仲が良く、父親とは口さえ利《き》かないというパターンが非常に多いらしい。

（つまりは……、私のせいなのか？）

正直、認める気にはならない。自分は家族の為に働き、家を建て、金を稼《かせ》ぎ続けていた。

こんな言い方はあれだが、息子がひきこもれているのは自分のおかげだ。

だが、息子がひきこもっているのも自分のせいなら？

父親は眉《まゆ》をひそめ、缶ビールを飲んだ。

死者の出なかった事件のニュースはすぐに終わり、スポーツコーナーが始まった。

贔屓《ひいき》のスワローズは今日も負けたらしい。若松《わかまつ》のいた頃はよかったと父親は苛立《いらだ》った。

そう言えば昔は息子と一緒にテレビ中継を見ていた。あまり興味はなさそうだったが、
それでもホームランが出ると喜んでいた。まだ息子が十歳の時の思い出だ。

どうしてこうなったのか？

父親は何度もそう思った。だがもし自分に原因があったら。いや、なくてもここから抜け出せる手助けができるなら、それをするのが父親の使命なのかもしれない。

そういった意味ではこの十年間、父親はなにもやってこなかった。

そして今、掛け違えていたボタンを掛け直す時が来たのだ。

○

あれから一週間が経った。

メイドがあの時の状況を説明してくれたらしく、大事にはならなかった。

未成年の女の子を押し倒したなんて誰かに知られたら、警察に逮捕されるだろう。

テレビタレントが未成年に手を出して頭を下げる様子をネットニュースで見ていた僕はそこで初めて自分がやったことに犯罪性を感じた。

示談《じだん》してもだめらしい。社会的制裁というやつだ。恐ろしい。

だけどその心配もどこ吹く風でメイドは僕の部屋にやってきた。

「それでシスターは禁煙が苦しくて、遂《つい》にはつくしを咥《くわ》えて火を付けたんです。気分だけでも味わえるらしいんですが、あまりにおかしくって」

メイドは口に手を当てて笑いを堪《こら》えている。この子の話は毒にも薬にもならないものだ。それに苛立《いらだ》ちを感じたこともあったけど、今ではあまりに気にならなくなっていた。

「つくしかぁ……。昔おばあちゃんちで摘《つ》んだっけ」

「あ、知ってます。てんぷらにするんですよね♪」

メイドは部屋の掃除をしながら笑顔を向ける。僕は基本的にディスプレイを見たまま適当に答えていた。

あの翌日、メイドは僕の部屋を掃除していいですかと尋ねてきた。

負い目のあった僕はなし崩し的に入室を許してしまい、それからメイドは来る度《たび》に三十分ほど掃除をしながら話をしている。

掃除機はうるさいからやめてくれと言うと、どこからともなく箒《ほうき》とちりとりを用意してきた。木製の箒はエプロンと似合っている。一昔前のイギリスなんかにはこんな光景がたくさんあったんだろう。なんともメルヘンチックだ。

それにしても、この子は一体何者なんだろうか？

ただのメイド？　それとも詐欺師《さぎし》？　はたまたとびっきりのお人好しだろうか？

この子の正体は分からないけど、あの男を倒したのを見てもただ者じゃないのは確かだ。

正直、気持ち悪くないのかな？　だって二十五歳のひきこもりだ。

いや、年齢以前にひきこもりのことを気持ち悪がってるだろう。

ネットのコメントを見ているとひきこもりやニートへの評価は散々なものだ。
・生きる価値もない。
・将来生活保護を受ける気なら税金の無駄遣いだ。
・怠《なま》け者が甘えているだけ。
・親の育て方が悪い。
・死ね。

対するひきこもりからの反論はあまりない。たとえ言っても正論でねじ伏せられるのは目に見えているからだ。むしろネガティブな意見が多い。
・毎日テレビばかり見てる。どうしたらいいか分からない。
・未来のビジョンがまるで見えない。
・このままゲームして掲示板に書き込めたらそれでいい。
・こうなったのも全部親が悪い。
・死にたい。
彼らの意見は軟弱で、ひ弱で、情けなくて、苦しいほどよく分かった。

僕が掲示板をスクロールしていると、後ろから視線を感じた。

振り返るとすぐそこにメイドの綺麗《きれい》な顔があり、僕はどきりとして固まった。

「…………な、なに？」

「いえ、なんのサイトを見ていらっしゃるのかなと思いまして」

「……別に、ただの掲示板だけど」

「けいじばん？　刑事さんがいらっしゃるんですか？」

「……は？」

「あれ？」

僕はぽかんとして、メイドもまたぽかんとした。

最近の若者はパソコンを触ったこともない子が多いと聞くけど、掲示板すら知らない子がいるなんて。だって昔は掲示板くらいしかなかったんだから。

僕は軽く混乱しながら掲示板の説明をする。

「えっと、掲示板っていうのは……、その……、いろんな人がいろんな事について話し合うとこっていうか……」

「じゃあ、今日の晩ご飯どうしようとかをみなさんで話し合っておられるんですね？」

メイドは不思議そうに首を傾《かし》げた。

「ま、まあ……、そういう人もいると思うけど……。だけど基本はニュースについてああだこうだ言ってるのがほとんどかな」

「へえ。皆さん博識なんですね」

どうにもこの子はネット掲示板を和気あいあいとしたところと勘違《かんちが》いしているらしい。

興味深そうな反応を見せるので、僕は釘を刺しておいた。

「い、いや、でもさ。ろくな奴がいないから見ない方がいいよ。基本的には話し相手のいない暇人が適当なことを言ってるだけだから」

まんま僕のことだった。

もしこれが掲示板なら皮肉を込めて自己紹介おつかれさまと書き込まれるだろう。

「でも、俊治さんもやっていらっしゃるんでしょう？」

うん。だからだよ。とは言えない。

「……ぼ、僕はたまに見てるだけだから。か、書き込みはやってない」

毎日アニメ板で声優の演技を叩いているとは口が裂《さ》けても言えない。炎上騒ぎがあると真っ先に駆けつけて正論をふっかけにいくこともだ。

「そうなんですか……。そのサイトってわたしのスマートフォンでも見られますか？」

「いや、見れるだろうけど、見ないほうがいい。本当にろくな奴がいないから。この世のクズが集まる場所だよ。死んだ方が良い奴しかいない。まともな奴が叩かれるとこだし」

「はあ……。そこまで仰《おつしや》るならやめておきます。ウィルスとか怖いですしね」

「う、うん。その方が良い。こいつら自体がウィルスみたいなものだから」

自分で言っていて貶《けな》されている気持ちになってくる。

僕は心の中で掲示板の連中に謝った。でも全部事実だから許してくれるはずだ。

正直誰に謝って誰に許しを乞《こ》うているのかはっきりしなかった。

そうだ。あいつらは確かにそこにいるのかもしれない。でも、誰も見たことがない。

昨日のあいつらと今日のあいつらは別人、いや別物だ。影と話している気分に近い。同じ形をしてるけど、中身は違う。それは一瞬で入れ替わり、増えたり減ったりを繰り返す影の群れだ。そう思うと掲示板への愛着は次第と消えていった。

僕の後ろでメイドがニコリと微笑《ほほえ》む。

「教えていただきありがとうございます。また分からないことがあったら聞きますね」

「いや……、その……、別に詳しいわけじゃないから……」

僕は顔を熱くしながら口ごもっていた。

べつにパソコンに詳しいわけじゃない。やっているのはサイト巡りとフリーソフトを扱うくらいだ。ワードもエクセルもできない。プログラミングなんてさっぱりだ。

変な期待を持たれても困る。恥《はじ》をかくだけだ。そりゃあ調べて分かることならいいけど。

でもこの子はなにも知らないみたいだし、僕でも教えることができるかもしれない。

もしかしたらマウスの持ち方さえ知らないかもしれないし、キーボードに触れたこともないかもしれない。そう思うと気が楽になった。

人になにかを教えると自分が特別な人間になった気分になる。

おそらく母親が買ってきたノートパソコンのセッティングをして以来だと思う。

確かあの時はお礼に五百円を貰《もら》ったんだ。今もそのお金は貯金箱に入っている。

○

週に一度ほど、影山夫妻はクリスとの会合を開く決まりになっている。

クリスはその初々《ういうい》しい見た目と裏腹に実によく仕事をこなしていた。掃除も丁寧《ていねい》で、細かな報告なども逐一《ちくいち》する。その甲斐《かい》もあって影山夫妻の信頼を勝ち取っていた。

「言われておいたゴミ袋は補充しておきました」

「ありがとねえ。本当に助かるわ」

母親は随分《ずいぶん》とクリスを可愛《かわい》がっている。娘でも増えたみたいだ。

父親はそれを微笑ましく思いながらも、どこか複雑な心持ちだった。

クリスは可愛らしいベージュの手帳を広げた。

「今週の経過ですが、まず月曜日に俊治さんのお部屋でお掃除をしました」

「……入ったのか？」

父親は驚いた。妻から話は聞いていたが、半信半疑だった。

「ええ。少しだけならいいと言われたので十分ほどで出ました。それからは来る度に三十分ほどの入室を許していただいてます」

その報告を聞いて母親は喜んだ。

「そう。あの子、なにをしているの？」

「基本はパソコンをしてらっしゃいます。ですがたまに漫画も読まれてますね」

笑顔で答えるクリス。

そのあどけない表情に父親は別の心配をした。

「……その、君が俊治より強いということは大体分かるんだが、いやにならないか？」

歯切れの悪い父親の言葉にクリスは首を傾げる。

「どういう意味ですか？」

父親は言いにくそうにして、妻が出した麦茶を飲んだ。

「いや、君みたいに若くて可愛らしい女の子がうちの俊治みたいな男の部屋に入るのは抵抗があるだろうと思って」

「ご心配ありがとうございます。ですが問題ありません。慣れてますから」

「……そうか」

この子は歳《とし》に似合わずしっかりしているなと父親は思った。

「はい。それに俊治さんのお部屋はお綺麗ですよ。本当にゴミ屋敷みたいな部屋も多々ありますから。目を背けてしまいたくなる光景を見ることも珍しくありません」

クリスはなにかを思い出して苦笑した。

「……なるほど。俊治はまだマシだというわけだね」

「まあ、有り体《あてい》に言えばそうなりますね」

クリスは困った笑いを浮かべた。

正直、父親としてはまだ抵抗があった。身内の恥を第三者に知られることは自分の評価を落とすとも考えている。だがクリスは息子のことを吹聴《ふいちょう》する性格ではなさそうだ。どこまでも素直で優しい子だと父親も認めていた。裏もなさそうな良い子だ。

「私達はこのまま声をかけ続ければいいんだね？」

「はい。できるだけそれを習慣としてください」

「そうか。分かった。だけど一向に反応がないのはあれだな。他の家庭もそうなのかい？」

クリスはう～んと記憶を辿《たど》っていた。

「そうですね。どちらかと言えば父親が苦手な方が多いと思います。ひきこもりの方は男性が多いですから、それも関係しているのかもしれません。最近は女性も増えましたが」

「君はどう思う？　どうして父親との関係が悪いんだろう？」

クリスはその質問の答えに困っていた。

「私のことは気にしなくていい。言ってくれ」

　そう促され、クリスは答えた。

「わたしの主観ですが、母親と比べて父親は自分の意見を変えない傾向が強いです。一度こう思ったら曲げない。信念と言えば聞こえがいいですが、柔軟性がないとも言えます。そうなるとどうしても親子で意見が食い違った時に子供側から反発が大きいですね。自分のことばかり考えて、こちらの意志を尊重してくれないと。失礼ですが、お父様は自分の父親にそんな感情は抱きませんでしたか？」

「……たしかにそうかもしれない。親父は厳しくて、現実主義者だったから」

　父親は自分の若い頃を思い出した。プロ野球選手になりたいと告げたが、反対された。好きなだけじゃなれない仕事だ。そんなことよりもっと勉強しろと口酸《くちず》っぱく言われた。

　今となってはその意見はもっともだと思っているが、あの時はどうしてこんなに自分を否定するのかと憤《いきどお》った記憶があった。

　自分がなりたくなかった大人になっている。そう実感すると父親は自分に呆《あき》れた。

　クリスは続ける。

「子供にとって父親は現実なんだと思います。仕事をして、お金を稼《かせ》いで、家族を養う。それはひきこもりの方にとっては目を背けたいものです。正しいのが分かっている。だけど自分はできない。だから否定したい。そういった存在が家の中にいれば顔を合わせたくないのも理解できます」

「……現実、か。そんな大層なものじゃないと思うが、確かに私も親父《おやじ》は苦手だった」

父親が肩をすくめると、クリスは頷《うなず》いた。

「ですから父親とは口も利《き》かないけど、母親にはべったりというパターンも多いです。その場合はまたある程度親から離す必要が出てきますね。前も言いましたが、ひきこもりの方には自らをコントロールしていただかなければいけません。逆を言えばそういうことが苦手な方が傾向としてなりやすいようです」

「そういえば、俊治も昔はよくおもちゃやゲームが欲しいと泣きわめいていた。買い与えれば大人しくなるのでやっていたが、今思えばそれが悪かったのかもしれんな」

父親は小さく溜息をついた。クリスは微笑する。

「ですが過去は変えられません。しかし未来なら別です。今は俊治さんに声をかけてもらい、この家の中で安心してもらうことが第一です。そうすれば次のステップが見えてきます。そしてそれにはご家族の協力が不可欠なのです。わたしはずっとこの家にいるわけではありません。仕事が終われば帰りますし、問題が解決すればいなくなります。ですが家族は違います。なにがあっても家族は家族です。それはどれほど時間が経ってもそうです。

だからひきこもりの問題を解決するのは本人と家族以外ではありえないのです」

クリスのまっすぐな言葉と瞳に、父親は頷いた。

「……そうだな。まあ、頑張ってみるよ」

「はい。その意気です♪」

自分の意見に理解を示してくれるとクリスは嬉しそうにはにかんだ。


母親が朝食を持っていき、父親が夕食を持っていく。

息子と関わる機会は食事くらいしかないので、必然的にそんなルールができた。

そんな生活が二週間続いた。しかし息子が父親に対して口を開くことはなかった。

ついに父親はなんて声をかけていいか分からず、自分のやっている行為が無意味に思えた。ただ息子と母親の間ではある程度の会話が交わされるようになったようだ。夕飯の時に母親は嬉しそうに息子との会話の内容を語った。

本来は喜ばしいことだが、父親は内心落ち込み、そして軽く憤《いきどお》りを感じた。

これほどやっているのにどうして自分とは話してくれないのか？　そりゃあひどいことをしたかもしれない。だが随分昔のことだ。許してくれればいいとは言わないが、忘れてくれてもいいいほどの時は経っているだろう。

では別のことが原因なのか？　息子はなにか日頃の行いに不信感を抱いているのか？　父親にはそれが分からなかったが、聞く勇気もまたなかった。

クリスには悪いが、やはりこの家の主は自分だという自負が父親にはあり、それを打ち崩されるのではないかという恐れが心のどこかにあった。

なにより、心から人に謝ることなんてしばらくやっていない。

仕事で頭を下げることは多々あるが、それは謝罪というより、一種の儀式だ。

物事をスムーズに進める為には頭を下げることが必要なのが社会だと父親は思っていた。相手としてもほしいのは謝罪ではなく良い結果なのだ。それはこちらが謝られる時もそうだ。簡単に言えば、金が儲《もう》けられればみんなが納得するのが会社という生き物だった。

大学を卒業し、就職してから三十年以上が経つ。今ではそれなりの役職に就《つ》き、部下もいた。自分の実績にささやかな誇りも持っている。

そのせいもあり、体に染みついた成果主義をそう簡単に手放すことはできなかった。手応えのないことを続けるのは大変だ。

率直《そっちょく》に言えば、父親は息子との関わり方を知らなかったのだ。

次第に食事のプレートを持って階段を登ることが億劫《おっくう》になった。

今日はなんて声をかけようか？　気の利いた話題なんてなかった。あるとすれば仕事のことや趣味のゴルフのことだが、それを語ることはクリスから禁じられていた。

『外が怖い人にそれを直接連想させる話はやめてください。怪談が怖い人に幽霊を見たというようなものです。なので当たり障《さわ》りのない会話がいいでしょう。外に出てなにかをしてきたではなく、明るいニュースを見た、または家のこと、なにかを買ってきたなども興味が湧きますね。難しいかもしれませんが、まだ俊治さんは部屋の外を怖がっていらっしゃいます。どうかご配慮《はいりょ》お願いします』

まるで赤ん坊を風呂に入れるようだと父親は思った。まずは裸になることに慣れさせ、お湯に慣れさせ、次は石けんの感触に慣れさせる。そうしなければ赤ん坊はたちまち泣いてしまう。他の子はどうか知らないが、少なくとも息子はそうだった。

二度目の子育てをしなければならない。そう思うと面倒になる。

父親としてもこんなことに気を取られているわけにはいかない。仕事だってあるし、趣味のゴルフにも行きたい。歳を取るほどに疲れは取れなくなってきた。

それに加えて息子のことで心労まで溜まる。父親は息子の部屋の前で小さく嘆息《たんそく》した。

「……ごはん。ここに置いておくぞ」

それだけしか言わなかった。いや、言えなかった。他に思いつかなかったのだ。

当然の如《ごと》く息子からの返事はない。苛立《いらだ》ちを覚えながら、父親はリビングに戻った。

どうすればいいか分からない。いや、どう力になってやればいいのかが分からなかった。息子のことは母親とクリスに任せよう。その方が息子も良いだろう。

父親は半ば諦めながらソファーで焼酎《しょうちゅう》を飲んだ。テレビを見ると、スワローズは今日も負けていた。

○

父さんの声が聞こえるたびに、僕は昔、勝手に部屋に入られて物を捨てられた記憶を蘇《よみがえ》らせていた。

今でも突然ドアが開き、部屋から引きずり出され、大事な物を全て捨てられるんじゃないかという怖さがある。なによりも家から追い出されるのが恐ろしい。そうなれば僕はどうしようもない。裸で砂漠に取り残されるようなものだ。

トラウマとまではいかないけど、僕にとって父さんとの最後の思い出がそれだから、どうしても嫌なことばかり考えてしまう。

だから正直、嫌々食事を運んでくるのは腹が立つ。お前のせいで僕はひきこもりになったんだと叫びたくなる。

実際はそんなことない。多少は影響があったかもしれないけど、本因ではなかった。だけどあんなことをされれば、原因だと言いたくもなる。責めたくなるんだ。それくらいあの出来事は僕にとってはショックだった。

父さんとしても僕の存在は恥ずかしいんだろう。会社は知らないけど、近所では噂《うわさ》になっているはずだ。世間体《せけんてい》を気にする父さんが僕の存在を許すわけがなかった。

そう。父さんにとっては僕よりも他人の目が大事なんだ。


昼過ぎ、僕はちらりとディスプレイの時計を見た。いつもならメイドが掃除をしに来る時間だ。さっき下で足音がしたからいるのは確からしい。

時計を見て少ししてから僕はメイドを待っていることに気付いて焦った。いつの間にか僕の日常が書き換えられている気分になる。

不安に思っていると、階段をあがってくる小さな足音が聞こえた。

いつも通りコンコンと軽いノックをしてから声がかかる。

「こんにちは。今日もお掃除をさせてもらいたいのですが、よろしいでしょうか？」

「……………まあ、うん」

この曖昧《あいまい》な返事もいつも通りだ。はっきり入室を許すと負けたような気分がするからいつも濁《にご》していた。

メイドが入ってくると、見慣れない物を持っているのに気付いた。白い皿の上に甘い良い香りがするなにかがのっている。僕がそれを気にすると、メイドはニコリと微笑《ほほえ》んだ。

「お料理の道具が揃《そろ》っているのでクッキーを作ってみたんです。焼きたてですよ。クッキーはお嫌いですか？」

「……いや、べつに好きじゃないけど、嫌いってわけでもない」

「よかった。よろしければ一枚どうですか？」

メイドが僕にお皿を近づけるので、僕はクッキーを凝視《ぎょうし》した。いかにも手作り感が溢《あふ》れている。形もサイズも違った。でも焼きたての香りは食欲を刺激し、僕はついつい手を伸ばしていた。

「……じゃあ、一枚だけ」

チョコチップクッキーを手にして、おそるおそる口に運ぶ。

もしかしたら毒が盛られているかもしれないと思ったが、勇気を出して食べてみた。

「どうですか？　ちゃんと焼けていますか？」

メイドは不安げに尋ねた。

「……いや、普通だよ。……うん」

おいしかった。でもそう言うのはなんだか恥ずかしくて、僕は普通と評価した。

もし落ち込まれたら面倒だと思っていたけど、メイドは嬉しそうに笑った。

「そうですか。よかった。初めて使う器具なので、焼けてなかったらと心配で。ここに置いておきますので、もしよろしければお召し上がり下さい」

メイドは僕の机の空いたスペースにお皿をのせた。

僕はそれをちらりと見てからまた視線をディスプレイに戻した。

○

夕飯後、父親は風呂に入り、ニュースを見ながら焼酎を三杯飲んだ。

もうそろそろ寝るかと二階の自室へ向かうと、息子の部屋の前にプレートが置かれていた。

プレートには今日の夕飯で出た酢豚が半分ほど残されている。普段なら気にならない光景だが、今日は酒が入り、スワローズも連敗を重ねていた為に父親の頭に血が上った。

父親は乱暴な足取りで部屋の前まで行くと、ドンドンとドアを叩いて言った。

「俊治。どうしてご飯を残すんだ？　母さんがせっかく作ってくれたんだぞ？」

少ししてから息子は返事をした。

「……うるさいな。べつにいいだろ」

息子の素っ気《そっけ》ない一言は益々父親を怒らせた。気がつくと父親はドアを開けていた。

そこには椅子《いす》に座り、スウェット姿でディスプレイとにらめっこをするだらしない息子がいた。

すぐに息子も気づき、父親の方を驚いた様子で向く。

ドアを開けた父親も驚いていた。こんなことをする気はなかったからだ。だが、久しぶりに見た息子の姿は父親を落胆《らくたん》させた。子供だと思っていた息子はすっかり大人になり、社会不適合者を絵に描いたような男になっている。

「……な、なんだよ？　勝手に入るなよ」

「なんだその言い方は？　毎日毎日母さんがどんな気持ちでご飯を作ってると思っているんだ？　なのにあんなに残すなんて」

クリスの助言はしっかりと理解していた父親だが、一度言ってしまうと日頃感じていた不満が口をついて出た。

「夜だって遅くまでキーボードの音がするし、足音や物音もうるさい。こっちは朝早いんだ。もっと静かにしてくれ」

父親とは対照的に息子は口を動かすものの、反論ができずにいた。全て正論だからだ。

そのあとも父親は普段思っていた不満を言った。トイレの時間が長い。夜たまに大声を出す。壁を殴《なぐ》る。ゴミを溜め込む。異臭がする。色々と文句を言い続けた。

言いながら父親はクリスの言葉を思い出していた。

『正論を言い続けるのはやめてください。ひきこもりの方のほとんどは自分に非があると自覚しています。そこに正論を浴びせるとどんどん自信をなくし、益々こもりがちになってしまいます。正論は論理です。そこに感情はありません。社会的な弱者を一方的に非難するのはいじめと変わりません。社会はそれで動いていても、家族はそれでは動かないのです』

クリスの言うことは充分理解できた。だが、父親もまた我慢し続けていたのだ。

十年間も溜め込んでいた気持ちが堰《せき》を切ったように溢れた。

「このままでいいと思ってるのか？　お前はもう二十五歳なんだぞ！」

息子の気持ちを代弁しているような台詞《せりふ》だ。父親は息子の表情を見て瞬間的にそう理解した。事実を突きつけられた息子は愕然《がくぜん》としていた。わなわなと震え、呼吸が荒くなる。

息子は近くにあったペン立てを摑《つか》み、床に投げつけて叫んだ。

「そんなこと言われなくても分かってるよっ！」

　ガシャンと大きな音がして、下の階にいた母親も事態に気付いた。母親が慌てて二階に向かった時には、息子が父親を押すように突っかかっていた。

「お前だって酒ばっかり飲んでるくせにっ！」

「なんだと⁉　偉そうに言うなら稼《かせ》いでからにしろっ！」

「なにしてるの⁉　ねえ、やめてよ！」

　母親が止めに入るが、息子は父親に怒鳴り続ける。

「勝手に人の物を捨てる奴が悪いんだろっ！」

　その一言で父親は言葉を失った。やはり息子は覚えていたのだ。恨んでいたのだ。

　自分にも一因があったのだと分からされた。

　急激に酔《よ》いは覚め、父親は自分が酔っ払っていたと自覚した。

　目の前では妻が息子をなだめている。妻の目は自分を責めていた。

　そしてそれは当然だと父親も思った。せっかく上手《うま》くいっていたものを自分の手で崩してしまったのだ。

　しばらくして息子はまた部屋にこもり、中で暴れていた。

　物が壊れる音を聞きながら、父親はただ一言、「……すまん」と妻に謝った。

　謝られると妻も肩を落とした。

「……どうしてそれをあの子に言ってあげないの？」

妻はそう言って一階の自室に降りていった。

次の日、掃除をしに来たクリスは俊治から部屋に入るなと言われ、閉口した。

その夜、急遽《きゅうきょ》影山夫妻とクリスとの面談が設けられた。

昨夜のことを聞くと、クリスは複雑そうな表情を浮かべた。

「……分かりました。お父様の仰《おっしゃ》ることはもっともです。しかし……」

「……ああ、分かってる。悪かった。酔ってたんだ……」

父親は申し訳なさそうに俯《うつむ》いた。母親にも頭を下げられ、クリスは嘆息《たんそく》した。

「過ぎたことは仕方ありません。問題はこれからどう俊治さんと関係を築くかですが……」

クリスが悩むそぶりを見て、父親は意を決して言った。

「……私が、謝るしかない……」

それを聞いて母親は驚き、クリスは頷《うなず》いた。

「そうですね。それがいいと思います。しかし、謝る時にも注意が必要です。ひきこもりの方に謝罪するとなにかを要求してくることがあります。土下座《どげざ》しろ。慰謝料《いしゃりょう》として大金を払えなどです。実際に百万円もの大金を払ったご家庭を知っています」

「百万……」

その金額に父親は絶句した。もし自分がそんなことを言われたら激怒してしまうだろう。

クリスは頷き、話を続けた。

「言っておきますが、要求されても応じないで下さい。あくまで対等な関係を築くことが第一です。なのでそれに対して怒ってもいけません。それはできない。しかし反省はしている。そのことをはっきりと伝えて下さい。そうしなければ反省をしていないと思われて信頼関係は築けません。なぜ怒っているのか？　なにに腹を立てているのか？　これからどうすればいいのか？　それを話し合うことが関係修復への第一歩です」

クリスの言葉に父親は力なく頷いた。次に母親が不安げに尋ねた。

「あの……、わたしはどうしたら？」

クリスは不安を取り除くように可愛《かわい》らしく笑う。

「そうですね。わたし達は今まで通りに話しかけ続けましょう。ただし、今は気が立っていらっしゃいます。言い過ぎると嫌がるでしょう。一言だけでも話しかけ続けることが重要です。でなければ俊治さんは自分が嫌われた、または見捨てられたと思い落ち込んでしまうでしょう」

「じゃあ、挨拶《あいさつ》だけでも？」

「はい。落ち着くまではそれがいいですね」

「分かったわ」

母親は一緒にやってくれる人がいて少しほっとしていた。

父親もいつ謝ればいいか尋ねようと思ったが、やめた。

大の大人が高校を卒業したばかりの女の子に謝り方を聞くなど恥《はじ》もいいところだ。

それを察したようにクリスは父親に微笑《ほほえ》んだ。

「お父様も少し間を置きましょう。ですが遅すぎるのはいけません。わたしやお母様が声をかけ、大丈夫かなと思ったら伝えます。よろしいですか？」

父親はほっとして頷いた。

「ああ……。助かるよ……」

それを見てクリスは申し訳なさそうに俯く。

「いえ、元はと言えばわたしのせいなんです。昨日、お昼にクッキーを作ったのですが」

「ああ。私も食べたよ。おいしかった」

「ありがとうございます……。ですが、おそらくそのせいで俊治さんはお夕飯を残したのではないのかと……」

父親は思わずあっと声をあげそうになった。そもそもの原因は息子が夕飯を残したことだ。いつもは残さない食事が残されていて、父親はカッときた。

あれにはそんな理由があったのかと父親は理解した。

「そうだったのか……」

クリスは頷いてから困った笑みを浮かべた。

「作りすぎてしまったので、二十枚ほど俊治さんのお部屋に置いておいたのですが……」

「だからか。持っていった覚えのない皿があったのは……。そうか……」

父親はまた俯いた。あれは息子なりにクリスを思いやったのだ。結果、残さないように全て食べ、夕飯を残した。残せば次の日にクリスが入室した際、落ち込むかもしれないと考えたのだろう。

（……どうして私は気付かなかった？　気付けなかったんだ？）

答えは決まっていると父親は思った。

息子をしっかり想っていなかったからだ。自分の感情を優先させたからでもある。

今思えば自分だけ話をしてもらえなかったのも、それが原因ではないのか？

「……結局は、気持ちか」

普段なら笑ってしまう言葉も、この時だけは父親の身に染みた。

この十年を、いや息子が生まれてからを思い返す寂しげな父親を見て、クリスは優しげな微笑を浮かべた。

「そうです。ひきこもりの方と接するのに最も大事なのはその人を想う気持ちです。シスターの言葉を借りればアガペ、愛となります」

「愛か……。親子だというのに………」

父親は思わず苦笑し、それを見て母親は寂しそうに俯いた。

クリスは愛らしく笑い、胸の前で拳を握った。

「まずは私達が場を整えます。どうかお父様は俊治さんにかける言葉をお考えください」

「……分かった。頼むよ」

息子にどんな言葉をかけるか。それを考えると父親は自然に微笑んでいた。

○

僕は自分でもコントロールできない程の怒りを抱えていた。

それはしばらくすれば萎《しぼ》むものだったけど、父さんから浴びせられた非難を思い出すたびにまた膨《ふく》れあがった。

色々言われた。それこそ十年分だ。

キーボードの音がうるさいなんて思ってもみないこともあった。

言われた全てに僕は怒った。酒を飲んで酔っ払った挙げ句、人の部屋へ勝手に入って怒鳴り散らす父さんを人として最低だとも思った。

だけど、なによりも感じたのは焦燥《しょうそう》かもしれない。

『このままでいいと思ってるのか？　お前はもう二十五歳なんだぞ！』

あの言葉は僕の心を刺して抉《えぐ》った。

このままでいいのか？　いいわけがない。僕はいつの間にか二十五歳になっていた。

その事実は改めて突きつけられると想像以上に恐ろしかった。

二十五歳と言えばもう大人だ。あと五年したら三十歳。そしたら感覚的にはおじさんになる。だけど僕はなにもしていない。一四歳の時からこの部屋で引きこもっているだけだ。

そのことを改めて考えると身のすくむ思いがした。

僕は学歴も、できることもなにもない大人になってしまったのだ。

それは昔の僕がなりたくないと思った、軽蔑《けいべつ》さえした大人だった。

父さんの言葉は空《から》っぽの僕に反響して、大きくなり、苦しめた。見たくない現実を無理矢理見せられた。そしてなにより、父さんの言うことはどれも正しいことだった。

その事実が僕を発狂させるほど追い詰めていく。

布団の中で小さくなった。なにも見えなくなると今に父さんが部屋に入ってきて僕を引きずり出し、家から出ていけと言われるんじゃないかと思ってしまう。

今の僕が外に出てどうなるんだろうか？

アルバイト？　どうせ履歴書《りれきしょ》を見たら笑われて落とされる。

ホームレス？　絶対嫌だ。なにより生き残れるはずがない。

なら施設に入るか生活保護を受けるかだろうか？　できればそれもしたくない。

つまり、僕が家から追い出されたら死ぬしかないんだ。

死ぬ。改めてそれを考えると恐ろしくてたまらなかった。

上手《うま》く生きられない僕だけど、死にたくはないと強く思った。

必死になって頼み込めばアルバイトでもさせてくれるんだろうか？

できれば住み込みがいい。だけど僕を雇ってくれる会社が一体どこにあるんだろう？

学校もろくに行ってない。働いたこともない。人と話すのも苦手。自分のことすらまともにできない。正真正銘《しょうしんしょうめい》のクズ人間だ。

ぞくりと背筋が凍《こお》った。なんとかしないといけないと思った。こんな気持ちになるのは引きこもって初めてかもしれない。焦り。そして感じたことのない危機感が襲ってくる。

僕はどうしたらお金を稼《かせ》げるんだろうかと頭を働かせた。

僕にできることと言えばインターネットぐらいだ。ネットを使えばなにか稼ぐ方法があるかもしれない。いや、たくさんあるはずだ。そんな話題がよく上っている。

そう思うと僕はすぐに布団から出て、パソコンの前に座った。

検索してみるとたくさん出てきた。ブログで広告を出したり、なにかを作って売ったり、最近よく聞くゲーム実況も稼げるらしい。

でもなにかを作る技術は僕にはないし、おもしろい実況なんて絶対無理だ。だけど文章くらいなら書けると思う。

そう思った僕はさっそくブログサイトにいって無料のブログを一つ作った。だけどすぐにつまずいた。僕には書くことがなかった。外に出ない僕には体験が皆無だった。アニメやゲームならそれなりの知識もあるけど、その分野は激戦区で、とても僕が太刀《たち》打《う》ちできるところじゃなかった。

それからも色々と探してみたけど、あとはこれだけやれば儲《もう》かりますみたいな胡散臭《うさんくさ》い詐欺《さぎ》サイトくらいしかなかった。

転売なんかもあるそうだけど、僕には手元の資金がないからなにも買えない。親に言ったら五万円くらいなら貸してくれるかなと考えたけど、今の状態でそんなことが言えるわけがない。言えばそれこそ父さんに殴《なぐ》られ、家から追い出されるだろう。

結局僕が稼げそうなのは広告をクリックするとかサイトに無料登録するとかしかなかった。それも一時間頑張って稼げたお金は三百円ほどにしかならない。

まさに八方ふさがりだ。

せめてなにかあればいいのに。技術があれば、資格があればなんとかなるのに。

そこでようやくどうしてみんなが学校へ行くのか、資格を取るのかを理解した。

僕は二十五歳にもなって、初めて社会がどう成り立っているか、その一端に触れた気がして、また怖くなった。

気付くと朝になっていた。窓の外ではサラリーマンや学生が歩いている。

時間だけが浪費され、心が虚《むな》しさで溢《あふ》れた。泣きたくなるほど悲しかった。


「昨日はごめんね。朝ご飯ここに置いておくからね」

母親がそう言って食事を置いても僕はなに一つ返事をしなかった。関係のない母さんの声を聞いても腹が立つ。いや、むしろ気遣われていることが屈辱《くつじょく》だった。

結局、僕は朝食に手を付けず、廊下《ろうか》に放っておいた。食べたら負ける気がしたからだ。

こんな僕にも意地がある。いや、意地しかなかった。空《から》っぽの僕に最後に残ったのはプライドだけだ。それは人として最低限の誇りだった。呆《あき》れるくらい空虚《くうきょ》な自尊心だ。

だけど、僕がギリギリのところで生きていけるのはこの自尊心があるからだった。だからこそ絶対に手放してはいけない気がした。

それと同時にまた父さんが怒鳴って部屋に入ってくるんじゃないかという恐怖心と、せっかく母さんが作ってくれた朝食を無駄にする罪悪感が心の中で入り乱れる。

それでも僕の足はドアへと向かわなかった。

プレートを見たら精神が掻《か》き乱されるとトイレさえ我慢したくらいだ。

そんなことをしている間に昼になり、メイドがやってきて家事を始めた。

今思えば全ての元凶があいつだ。あいつが来てから父さんも母さんもやけに話しかけてきた。不覚にもメイドを部屋の中にも入れてしまったし、あまつさえ他人がいる中で部屋の外に出さえした。父さんが怒鳴りだしたのもあいつが原因だろう。

あいつがクッキーなんか持ってくるから夕飯が食べられなかったんじゃないか。

そうだ。あいつが悪い。もう部屋に入れるもんか。

僕はそうやってどうにか必死にメイドを嫌う口実を作り出していた。

しばらく僕は気にしないふりをしながらも下の音に耳を澄ませていた。

水を流す音はおそらく洗い物だろう。シャワーの音は浴槽《よくそう》を洗っている音だ。洗濯物を伸ばすぱんぱんという音も聞こえる。

一階は音で溢れていた。人はこうも音を出せるのかと感心するほどだ。

だけどメイドは中々二階にこなかった。いつまで経っても階段を上る音が聞こえない。

これじゃあ来て欲しいみたいじゃないかと、首を振った時、メイドは階段を上がってきた。そして部屋の前で立ち止まると言った。

「こんにちは。俊治さん。今朝はご朝食をお召し上がりにならなかったのですか？」

「………うん。いらない」

僕はなるべく素《そ》っ気《け》なく返事をした。こう聞いてくるだろうと思ったからだ。

次はなんだろうと待っていると、意外にもあっけなかった。

「そうですか。ではもったいないのでわたしの昼食とさせてもらいますね」

それだけ言うとメイドは下へと降りていった。

僕は驚いた。きっと色々言ってくると思ってたからだ。昨日のことを聞かれると予想していた。お部屋をお掃除してもいいですかと言われたら、いやだと返すつもりだった。

なのにもう会話は終わってしまった。完全に拍子抜けした僕は下に会いに行こうかとさえ考えた。トイレに行きたいし、その時偶然を装《よそお》って話すんだ。

だけどそれはあまりにも馬鹿馬鹿しくて、結局なにもしなかった。

夜には母さんが夕食を持ってきてくれた。さすがにお腹が減っていたので僕はそれを全部食べて外に出した。

次の日も同じような一日だった。朝食は食べたけど、相変わらずメイドも母さんも必要最低限の会話しかしない。僕が持っていた怒りは萎み、代わりに寂しさが膨らんだ。

誰とも話せないことがこんなに寂しいとは思わなかった。一度温もりを手にしてしまうと、それを失うのが怖くて、僕は落ち込んでいた。

だけど三日目は違った。

母さんは前みたいになにが食べたいかを聞いてくる。僕がなんでもいいと答えると、母さんはどこか嬉しそうに「じゃあコロッケでいい？」と尋ね、僕はそれでいいと伝えた。

メイドも家事を済ませたあと、僕の部屋を尋ねてノックした。

「俊治さん。ゴミは溜まっていませんか？　できれば中に入ってお掃除がしたいのですが、よろしいでしょうか？」

僕は悩んだけど、「……まあ、うん」と曖昧《あいまい》に肯定した。

するとメイドが部屋に入ってきた。僕がおそるおそる顔を覗《のぞ》くと、メイドは前みたいに可愛《かわい》らしく微笑《ほほえ》んだ。僕はその笑顔に胸をなで下ろした。嫌われたのかと心配だった。

それからいつも通りメイドは僕の部屋を掃除しながら、世間話をした。

「わたしはお部屋でミカエルというアマガエルを飼っているんですが、触ることができないんです。カエルって人が触ると火傷《やけど》してしまうんですよ。だからミカエルを撫《な》でてあげたいんですがいつも我慢しているんです」

「………そうなんだ」

やっぱり変わった子だなと思いながら、僕はゲームをしていた。

「頑張って育ててあげれば十年くらいは生きるそうなので、毎日お世話をしているんです。ぴょんぴょん跳ねているところを見ると、こっちまで嬉しくなって跳ねちゃいます」

「……へえ。アマガエルか……」

僕はメイドが部屋で一人ぴょんぴょん跳ねているところを想像した。なんとも可愛らしい。この年頃の女の子はみんなこんな感じなんだろうか。

そういえばこの子はどういう家で誰と暮らしているんだろうか？　家族はいるのか？　兄弟は？　まさか彼氏なんかも？

聞きたかったけどできない。聞き方が分からないし、聞けば気持ち悪がられるだろう。

するとメイドが僕を見てニコリと笑った。僕は思わずドキリとした。

「俊治さんはペットを飼ったりしたことないんですか？」

「ペット？　えっと………」

僕は記憶を探った。そういえば小学生の時にお祭りでとった金魚を飼っていた。あの時は大事に飼っていたつもりだったけど、一ヶ月で死んでしまった。

水槽に浮いている金魚を見て泣いていた僕の隣で、父さんは金魚の死骸《しがい》を取り出し、庭にお墓を作って埋めていた。今でもあるはずだ。

あの時僕は父さんはどうしてこんなひどいことをするんだろうと思った。大切にしていた金魚を庭に埋めるなんてと恨みさえした。

今思えばあれで正しかったんだろう。だけど納得はできなかった。僕が父さんに反発心を抱きだしたのはあの頃からかもしれない。父さんは僕のことなんてどうでもいいんだ。

考え込む僕を見てメイドは目をきょろきょろと動かす。どうやら気を遣っているらしい。

「…………金魚を一匹だけ飼ってたかな」

「そ、そうですか。金魚も可愛いですよね。わたしもミカエルのお友達を探しているんですが、お魚もいいかもしれません。俊治さんは興味ありますか？」

「…………さあ、あんまり考えたことないけど」

「そうですか……」

そこで会話は終わってしまった。どうにも探り探りな気がする。

僕はいつも通りかもしれないけど、メイドは間違いなく普段より気を遣っていた。

それからメイドはこの三日で溜まったゴミを片付け、掃除をして出ていった。

「ではまた明日伺《うかが》いますね」

「……うん」

返事をしながら僕は変な予感を感じていた。

それがなんなのかが分かったのは夜になってからだった。


その夜。前の二日間とは違い、また父さんが食事を持ってきた。

「俊治。夕飯、ここに置いておくな。それとあとで話がある。聞くだけでいいから待っていてくれると嬉しい」

それを聞いて僕は焦って汗を流した。夕飯を食べている時も追い出されるんじゃないかと気が気じゃなかった。不安がどんどん大きくなり、時間はあっという間にすぎていく。

一時間半が経つと、また階段を上がってくる音がして僕は心底焦った。すぐにコンコンとノックする音が聞こえた。僕がびくりと体を震わすと、父さんの声が聞こえた。

「俊治。まず最初に謝っておく。すまなかった。あんなことを言うつもりじゃなかったんだ。酔《よ》って自分でも思ってないことまで言ってしまった。悪かったよ」

驚くことに父さんは僕に謝った。父さんの謝罪の言葉なんて聞いたことがなかった。たとえ父さんに非があっても、僕にも母さんにも謝るなんてことはしない人だ。

僕は驚き、なにか尋常《じんじょう》じゃないことが起こっていると思わせた。

僕が黙っていると父さんは続けた。

「でもこれだけは信じてほしい。私はお前のことを心配しているんだ。私も母さんももうすぐ六十になる。私自身、出来る限り働くつもりだが、限界はある。定年を迎えれば今貰《もら》っている給料の半分程で働かなければならないだろう。悲しいが、これが現実だ」

衝撃的な話を父さんは冷静に語った。

「私が心配しているのはお前が働かないことじゃない。お前自身のことだ。お前は私達が三十を過ぎてから生まれた子供だ。つまり、それだけ早く私達は死ぬことになる。いや、老後になったら介護が必要になるかもしれないから時間はあまりないだろう。そのことをお前に分かってほしい。兄弟のいないお前はいつか一人になるんだ」

一人。その言葉は寒気がするほど怖かった。

「だから、その時にお前がなんとか生きていく術《すべ》を持っていて欲しいんだ。別になにかの保護を受けてもいい。他人はとやかく言うだろうが、親としては無事に生きてくれさえいればそんなことは問題じゃない。だがその為には部屋から出る必要がある。それは理解できるだろう？」

父さんは僕が抱いていた不安を言語化していく。それが堪《たま》らなく恐ろしく、手が震えた。

「だから、お前と話がしたいんだ。いや、お前の話を聞きたいんだ。そうでないとまた時間だけが過ぎてしまう。さっきも言ったが私達には時間があまりない。だからなにかある前にお前の意志が知りたいんだ」

そして最後に父さんはこう言った。

「お前がどうしたいか。なにがしたいか。それがあるなら言って欲しい。ないなら一緒に探していこう。できればリビングで話し合いたい。無理ならここでもいい。頼む。私はお前を信じてるんだ」

父さんの姿は見えなかったけど、その声は泣いているように思えるほど切実だった。

僕の心は大きく揺さぶられた。上下左右に、縦横無尽《じゅうおうむじん》に揺れ動く。僕は僕自身を完全に制御できなくなっていた。

涙が流れた。この気持ちをなんて名付けたらいいのか分からない。

悔《くや》しさのような気もするし、悲しさのような気もするし、寂しさのような気もした。

嬉しさにも似た、喜びにも似た、懐《なつ》かしさにも似た感情だ。

それらが複雑に混ざり合い、わけがわからなくなりながら、僕は泣いていた。

そこには父さんへの恨みもあった。憎しみもあった。許せないこともあった。

でもそれ以上に父さんの言葉に重みがあった。きっと父さんもずっと考えてたんだろう。悩んでたんだろう。それは僕と一緒だった。僕もずっと考えて、悩んでいた。

どうすればいいのか？　僕はそう考えていた。

どうしたいのか？　父さんはそう尋ねた。

どちらの答えも僕は持ってなかった。いくら考えても、ネットで調べても出てこない。誰も僕の人生に答えを出してくれない。それは僕が出さなければならないことだった。分からないことが情けなく、恐ろしくて、僕は子供みたいに泣いていた。

その実、僕はまだ子供だった。歳《とし》だけとった子供だったんだ。

まるでそれを象徴するような部屋に僕はいた。

この部屋は僕を外の世界から隔離《かくり》して閉じ込めていたんだ。

結局、僕はなにも答えられず、父さんはしばらくしてから部屋をあとにした。

それでも僕は考えていた。未来の、将来のことを考えていた。普段は考えないようにしていたことだ。だって考えると死にたくなるから。だけどそうは言ってられない。死にたくなるより、死ぬ方が怖かった。なにより見捨てられるのが怖かった。

いずれ父さんは働けなくなる。その時は僕がなんとか働かないといけない。

せめて自分の分くらいは稼《かせ》がないと飢《う》え死んでしまう。

僕は今の問題を見つめ直した。正直問題だらけだ。あえて問題じゃないところをあげるなら、健康だということくらいだろう。でもネットで調べたらそれが一番大事な気もする。スキルも実績もある人が病気のせいで動けなくなるなんてよくある話だった。頼りない長所だけど、今の僕にはこれにすがることしかできなかった。だけど健康なだけで体力はまるでない。腕も足も細いし、力もなかった。

いきなり肉体労働は無理だ。ならどうしようかと僕は色々考え、調べていった。

色々な職が見つかるけど、どれも大変そうだ。なにより、僕を採用してくれるのかがとても不安だった。

人手不足なんて言ってるけど、それは使える人間が不足しているだけで、なにもできない、なんの取り柄もない中卒ヒキニートを欲しているわけじゃない。

それくらいは分かっている。やっぱり僕の一番の問題はこれにあるんだと理解した。

中卒。ひきこもり。ニート。この三つをどうにかしないといけない。

中卒は、どうにかなるんだろうか？　ひきこもりは部屋から出て、家から出れば解決したと言えるかもしれない。ニートは働かないといけないわけだ。

どう考えても一番最初にできるのは部屋から出ることだと分かった。

次にバイトでもして、ニートから脱却する。それから学歴のことを考えればいいかもしれない。または手に職を付けるかだ。

どちらにせよ、まずは部屋から出ないとなにも始まらなかった。

当たり前で、ずっと分かっていることを再確認すると気持ちが落ち込んだ。

ふと顔を上げるとそこにはドアがあった。あそこから出れば、なにかが変わるのかな。

それでも、僕には勇気が出なかった。泣きたくなるほど情けなくなった。

外が怖くて怖くて怖くて怖くて怖くて、堪らなく怖いんだ。

「…………誰でもいいから、助けてくれよ」

気付くと、僕はそんな言葉を口にしていた。そして、また泣いた。

○

果たしてあれでよかったのだろうかと父親は考えていた。

力になる。それは本心だった。しかしそれには息子が本当に今の状態を脱しようとしなければならない。父親には自分が息子を支える覚悟はあるものの、息子を信じ切ることはまだできなかった。

これは一種の賭《か》けだと父親は考えた。成功すればこの状況からの脱却も叶うかもしれないが、失敗すれば息子はますます外に出なくなるだろう。

当面は部屋の外に出さえすればいい。それも一度でなく、リビングでくつろげるようになれば理想だ。それはシスターやクリスも言っていたことだった。

無理矢理引きずりだそうと考えたことがあったが、仮にそれが成功したとしてもその状態が長く続くとは限らない。

怒鳴りながら部屋から引きずり出す業者もいるそうだが、誰だってそんな目に遭《あ》えば恐ろしいだろう。自分だって知らない男達に部屋から引きずり出されたらパニックになる。別のトラウマが植え付けられる恐れがあるから、やるなら覚悟を持てとも父親はシスター達に言われていた。

それはつまりひきこもり状態から脱することができれば息子の将来などどうなってもいいというだけの覚悟だ。父親は息子も成人しているのだからやむを得まいと一度は思ったものの、やはりそれはかわいそうだと感じた。

父親としては家から息子を追い出したいのではなく、ひきこもり状態から脱し、人並みの生活を送ってくれることが理想だからだ。追い出した息子がホームレスになったり、犯罪者になったりしてほしいわけではない。

親子の縁を切るような覚悟がない今、やはりそれは得策ではなく、そう考えると父親は三日前に自分がやったことをほとほと後悔《こうかい》していた。

あれから酒も飲んでいない。前から控えようと思っていたし、息子にばかり頑張らせるのもかわいそうなので、禁酒しようと考えている。

父親は禁酒と同時にいつかは息子と酒を酌《く》み交わしたいという夢も密かに抱いていた。

自分が息子の為になにができるか考え、それを言葉にしたものの返事はまだなかった。

それでもクリスにそのことを話すと、とても嬉しそうにしていた。

『大事なのは継続です。お父様の考えや愛情が一時のものではないと思ってもらうのです。でなければ俊治さんは勇気を持って外に出たのに騙《だま》されたと感じ、事態は悪化してしまうかもしれません。ひきこもりの方は社会的にも非力です。ですから誰かに頼らなければいけません。しかし頼った先を本当に信じていいのかとも疑っています。大抵の方は他人に裏切られた過去があるから警戒するのです。その不安を取り除く為にはお父様の方針がぶれないことが重要です。これは誰でもそうですが、会うたびに方針が変わる人を信用するのは容易ではありません。なのでまずご家族が安全地帯となること。他人や社会は信じられないけど家族なら信じられる。外で傷ついても家で癒《い》やされるのならまた戦うことができます。そこまでいけばひきこもりからの脱却は見えてきたも同然でしょう』

そう言われ、父親は初めて息子の気持ちについて考えてみた。

十年もの間まともに家から出ず、人とも会わないでいたら、自分でも人間不信になるだろう。その上、中学以来まともな社会経験もなく、これと言って特技もない。

人とコミュニケーションを取ろうにもその経験がほとんどないのだ。

社会に出れば嘘や裏切りは日常的にある。本音と建て前などまさしくそうだ。

一方的に分かっているな？　と尋ねてきて、それを理解しなければ排除される。

社会の厳しさというのはその一点に集約されるのかもしれない。父親でさえ、納得できない社会的ルールはたくさんある。それを教えるのも本来は父親の役割なのだろう。

結局のところ、父親はその役割を全《まっと》うしたとは言えなかった。仕事が忙しく、家事や子育ては妻に任せっきりだ。休日も趣味のゴルフに逃げることが多かった。

息子がこうなったのは自分のせいかもしれないと考え出すと、思い当たる節はいくつもあった。ただ、それを認めたくなかった。

そのせいで事態は悪化し、今に至るのだ。そういった見たくない事実と向き合うこと。

そしてそれを鑑《かんが》みた上で未来に対してなにができるのかを考えること。

結局はそれが大事なのだろうと父親は考えた。

息子にさせようとしていたことが、その実、父親にもできていなかったのだ。

事の本質を知った父親は、また一度息子に対して申し訳なさを感じた。

それからも父親は声をかけ続けた。話がしたい。ドア越しでもいい。やりたいことがあるなら言って欲しい。お金は気にしなくていい。蓄《たくわ》えならある。

父親は根気強く話しかけた。それでも中々息子は話をしてくれなかった。

それでもぶれまいと父親は努力した。

「俊治。下で一緒に食べないか？　今日はカレーだ。おいしそうだぞ」

父親は母親と話し合い、食事を一度リビングのテーブルに置くことにした。両親の食事が終わってからレンジで温め、上に持っていく。息子にはいつでも待っていると告げた。

そして一週間が経った。

「俊治。今日はテレビでアニメの映画をやるぞ。一緒に観ないか？」

父親はさして興味はなかったが、少しでも息子に歩み寄ろうと、食事の前にそう誘った。

だがやはり返事はない。今日も駄目かと思って階段へ向かった時、後ろから声がした。

「…………なんの映画？」

息子は確かにそう尋ねた。その一言を聞けただけで父親は異様に喜んだ。

父親は慌てて踵《きびす》を返し、息子の部屋の前に戻った。

「ええと、なんだったかな？　あれだよ。あれ。前によくＣＭしてたの」

父親はど忘れしたタイトルを思い出そうと頑張ったが、歳のせいもあり、すっと出てこない。すると息子はまた尋ねた。

「………群青《ぐんじょう》の君へ？　ライズ？」

「ああ、それだ。ライズってやつだ」

父親が答えると、しばらく沈黙があってから息子は言った。

「…………じゃあ、録《と》っといて」

一緒に観ないのかと父親は落胆《らくたん》したが、よく考えればブルーレイを観られる設備はリビングにしかない。これを機にリビングに降りてくれればと承諾《しょうだく》した。

「わ、分かった。録っとくよ。もしいいなら一緒に観よう。あ、それと今日は唐揚げもあるぞ。待ってるからな」

そう言って父親はどこか軽い足取りで下に降りていった。

小さな一歩だが、ようやくの一歩だ。自分がやってきたことは無駄じゃないと分かると、父親は喜んでカレーと唐揚げを食べ、映画を録画しながら観た。

アニメの人物は少女漫画みたいで違和感があったが、内容は意外にも深く、面白かった。なにより、不運な運命を背負った主人公の少女が必死に立ち上がる姿に感銘《かんめい》を受けた。

自分の息子にもこれだけの力があればと思った。いや、もしかしたらあるのかもしれない。それを自分が活《い》かせていないだけかもしれない。

そう思うと、父親にも希望が湧いてきた。

○

冷静に考えれば、二時間の映画を下のリビングで見るのは不可能だと気付いた。

朝は両親がいるし、昼にはメイドが来る。母さんはいつパートから帰ってくるか分からないし、夜に見ていたら両親がトイレに起きてくるかもしれない。

それでも僕はライズが観たかった。好きな監督の作品だし、アニメ制作会社もお気に入りだ。違法サイトで観てもよかったけど、好きな物を汚しているようでどこか気が引けた。

両親がブルーレイレコーダーに買い換えていることさえ知らなかった僕は、自分のパソコンについたＤＶＤプレイヤーを見ながら溜息をついた。

正直、父さんと一緒には観たくない。前にかけてくれた言葉で父さんの真剣さはある程度伝わったけど、まだ完全に信頼しているわけじゃないからだ。

それにライズのキャラはオタク向けだった。父親と美少女アニメを観るのは誰だって嫌なはずなのに、そこら辺のことを父さんはまだ理解してくれてない。

だけど観たい。本当は映画館に行きたかった。特典が付くからだ。でも僕には無理だ。DVDは高いし、ストリーミングは安かったけど、クレジットカードが必要だった。働いていない僕にそんなものが作れるわけがない。

僕は悩んでいた。すると昨日のことを聞いたらしく、昼に来たメイドが言った。

「その映画ってこの前テレビでやってたのですよね？　わたし、観たかったんですが寝ちゃったんです。もしよろしければ一緒に観させてもらってよろしいですか？」

「…………いや、一緒は…………」

美少女アニメを美少女と一緒に観るのはどう考えても恥ずかしい。

この子はとっくに気付いているだろうけど、僕は自分がオタクだと思われたくなかった。

中卒ヒキオタニートと思われるのはさすがにきつい。

「そうですか……」

メイドはしょんぼりした。どうやら本当に観たかったらしく、悪いことをした気になる。

「…………べ、べつに観たいなら下で観てもいいよ」

「ありがとうございます。ですが、わたし機械は苦手で……」

僕らはしばらく沈黙した。その間メイドはちらちらと僕を見てくる。

僕だってブルーレイは分からない。DVDと変わらないとは思うけど違うかもしれない。

一方で観ていいと言っておきながら、観せないのも悪い気がした。だけどそれをする為には僕が部屋の外に出なければいけない。それもこの子と一緒にだ。僕はうだうだと考えていた。そしてなにより心配していた。

外に出ても大丈夫だろうか？　父さんや母さんは嫌に思わないだろうか？　変な目で見ないだろうか？

僕は、誰かと居てもいいのだろうか？

でもこの子は一緒に観ようと言ってくれた。父さんもだ。母さんもご飯を食べようと言ってくれている。もしかしたら、僕にはこの部屋以外にも居場所があるのかもしれない。

その時やっと、僕はそう思えた。

僕はふーっと長く息を吐き、椅子《いす》から立ち上がった。

「…………じゃあ、……まあ、設定くらいなら……」

「よろしいんですか？」

メイドは嬉しそうに胸の前で手を合わせ、僕はぎこちなく頷《うなず》いた。

すぐにメイドはドアの方へ向かい、そして楽しそうに開けた。

向こうに廊下《ろうか》の壁が見える。一人の時は気にしなかったけど、こうやって見ると外の世界に繋《つな》がっていることがよく分かった。

僕は唾《つば》を飲み、震える手を押さえて歩き出す。ドキドキしながら部屋の外に出ると、先にメイドが歩き、僕があとに続いた。

こうやって見るとメイドは小さい。肩幅も頭も僕より一回り以上小さかった。

短い廊下を歩き、一階へ続く階段を降りていくとドキドキした。

「この前ワックスがけをしたので、足下に気を付けて下さいね」

メイドの言う通り、階段は少し滑った。僕は手すりを握って、一段ずつ降りていく。

階段から降りると右手に玄関が見えた。ガラスから入る外の光がやけに眩《まぶ》しく感じられる。メイドは慣れた様子で左へと進み、突き当たりのドアを開けた。そこがリビングだ。

僕がリビングに行く時は、隣のキッチンにある冷蔵庫から食料を探す時くらいだった。来てもなるべくすぐに戻る。なにかを触ると文句を言われる気がするからだ。

リビングに入るとテーブルがあり、ソファーの前に小さなコーヒーテーブルが置いてある。そしてテレビラックにテレビが収まり、その横に黒いレコーダーがあった。

僕はリビングを見回した。変わっているところとそうでないところがある。昔はここで食事をして、テレビを観て、テーブルで宿題をやったんだ。家族と一緒に。

自分の家なのに、普段も見ているはずなのに、他人といるというだけで、僕は懐《なつ》かしさを感じていた。するとメイドがテレビの方へと向かい、レコーダーを指差した。

「これですよね？」

「……うん。多分………」

僕はテーブルの上にあったリモコンでテレビをつけた。ＮＨＫが流れる中、リモコンのボタンから入力切り替えを探し出して押すと、レコーダーが見つかった。

それからレコーダーの上に置いてあったリモコンで録画リストを出すと、ライズのタイトルが一番上に見つかった。それを見てメイドは喜んだ。

「すごいです。俊治さん。この機械を使ったことがあるんですか？」

「……ないけど、まあ、こういうのは大体同じようにできてるから……」

こんなことで褒められても仕方がないけど、すごいと言われると嫌な気持ちはしない。

僕は少し照れながらレコーダーのリモコンをコーヒーテーブルに置いた。

「あとはこのボタンを押せば観られるから………」

「ありがとうございます♪」

メイドは愛らしく微笑《ほほえ》み、ソファーにちょこんと座り、僕を見上げた。

「えっと、やっぱり俊治さんも一緒に観ませんか？　わたし、邪魔にならないように黙ってますので。それに、これの使い方も分かりませんし……」

「……観終わったら停止ボタンを押すだけだよ」

「ですがテレビは暗いままでしょう？　ご両親がお帰りになったら困らないでしょうか？」

不安そうなメイドに、よくそんなことまで気が回るなと思った。

言われてみればたしかにそうだけど、変に思っても嫌にまでならないだろう。

「ダメ……ですか？」

メイドが首を傾《かし》げ、上目遣いで僕を見てくる。これは卑怯《ひきょう》だと僕は顔をそむけた。

そんな顔でダメかと聞かれてしまったら、ダメとは言えない。

なにより僕もライズが観たかった。

結局、僕は奥のテーブルで、メイドは手前のソファーで映画を観ることになった。

メイドが淹《い》れてくれたレモンティーを飲みながら、僕らはテレビに向かう。

誰かとリビングにいる。ここに来るまではそれがすごく怖かったけど、来てみればそうでもなかった。他人といるという違和感はある。だけどそれは逃げたくなるようなものではなかった。最初は視界に入るメイドの姿で話に集中できなかったけど、次第に僕はストーリーにのめり込んでいった。

ライズは交通事故で家族と右足を失った少女が必死に生きる中でダンスに出会い、プロのダンサーを目指すアニメだ。その過程で様々な人に出会い、時には戦い、時には励《はげ》まされながら成長していく。

実写のような綺麗《きれい》な背景。淀《よど》みのないなめらかな描写。脚本も演出もよかった。最後に少女は一人で舞台に上がり、自分にしかできないダンスを踊った。烈《はげ》しく、それでいて切ない踊りは見る者を魅了する。

五分にもわたるダンスシーンは圧巻で、ネットで話題になっただけはあった。

そして踊り終わると、静まりかえっていた会場から一斉に拍手が鳴り響く。

スタンディングオベーションに包まれた会場を見て、少女の目から涙が溢《あふ》れた。

それまでの苦労を知っている僕も感動した。アニメなのにすごくリアルで、実際にそこにいるようだった。

勇気を出せば世界は変わると少女は心の中で思った。そして幕が下り、映画は終わった。

僕はなにかを観終わったあとの満足感と寂しさを感じながら、静かに長い息を吐いた。よかった。だけど誰かが頑張っている姿を見ると焦ってくる。プレッシャーをかけられているようで落ち着かない。

同時に僕も頑張ればなんとかなるんだろうかと思えてきた。このアニメみたいに少しの勇気さえあれば世界は広がるのかもしれない。

でもその少しの勇気を出すのがなによりも大変だった。

僕が小さく嘆息《たんそく》すると、視界の端でメイドが肩を震わせていた。

ひっくひっくと声が聞こえる。どうやら泣いているらしく、ハンカチを目に当てていた。

僕は焦った。目の前で女の子が泣いている。そんな事態に出くわしたのは初めてだ。

どう接したらいいのか分からない。

優しく声をかけてあげる？　僕がそんなことをしても気持ち悪がられるだけだ。

僕が困っているとメイドは顔を上げ、申し訳なさそうに微笑んで、涙を拭《ぬぐ》った。

「申し訳ありません……。わたし、こういう話に弱くて。逆境にめげないで頑張っている人を見ると泣いちゃうんです」

そう言いながらもメイドは鼻をすんすんとさせた。

僕は相変わらずなんて言ったらいいか分からず、「そうなんだ……」と頷いただけだ。

観始めた時には窓から入る日光の色はまだ柔らかかったのに、今ではすっかり茜《あかね》色になっていた。もう一度メイドが涙をハンカチで拭くと、ようやく収まったみたいだ。

朱色に染まった彼女はニコリと笑った。

「映画って、誰かと観ると楽しいですね」

その笑顔があまりにも素直で、綺麗で、僕は思わず頷いてしまった。

「……………………うん」

僕は、十年ぶりに誰かとなにかを共有した。それが嬉しかった。

○

息子が部屋から出て、さらにリビングでクリスと映画を観たと聞いた父親は帰って早々驚いた。自分の誘いに乗ってくれなかったことは寂しいが、この際どうでもいい。

父親が歪めてしまった状態から確実に良い傾向へと戻ってきていることに安心した。

気をよくした父親はさっそく息子の部屋へと向かって、ドア越しに尋ねた。

「映画、観たんだって？　あまりアニメは観ないんだが、あれは面白かったな」

少し間が開いてから息子は答えた。

「……………まあ、よかったよ」

まだぶっきらぼうだが、その返事だけで父親は喜び、うんうんと頷いた。

そこで今日の夕飯を妻に聞くのを忘れていたのに気付き、下の階へ尋ねた。すると、

「今日はカキフライよ」と妻の声が返ってくる。

父親はすぐに息子へ伝えた。

「今日はカキフライだそうだ」

「……聞こえてるよ」

「好きじゃなかったか？」

「……まあ、それなりには」

「そうか。うん。できたら持ってくるよ。それとも下で食べないか？　無理にとは言わないが」

息子は返事を考えるような間を置き、面倒そうに告げた。

「………………………そのうちね」

小さな声だが、息子は確かにそう言った。

そこで父親は自分が少し浮かれていることに気付き、落ち着かせた。またここで浮き足だってミスを犯せば後戻りしてしまう。

焦らず、少しずつ。父親はそう自分に言い聞かせ、小さく頷《うなず》いた。

「……そうだな。じゃあ、あとで持ってくるよ」

「……うん」

息子の返事を聞くと、父親は小さく頷いて一階のリビングに向かった。

それからいつも通り夫婦で食事をしたあと、父親は風呂に入った。

風呂から上がった父親はビールが飲みたかったが、せめて息子と食卓を囲むまでは我慢だと、牛乳を飲むためにキッチンへ向かった。

するとと驚く事に、キッチンに息子がいた。冷蔵庫のドアを開け、中を物色している。その光景を父親は半ば呆然《ぼうぜん》と見ていた。

信じられないと口を半分開けて大きく瞬きをすると、息子が牛乳を持って振り返った。

息子は居心地悪そうな顔をするが逃げたりはせず、コップに牛乳を注いで紙パックを冷蔵庫に戻す。そして、ばつが悪そうに言った。

「…………いや、なんか、たまには水以外が飲みたくなって……」

「…………そ、そうか。うん……。分かるよ……」

父親が理解を示すと息子は何事もなかったように二階へと上がっていった。

そこにトイレから母親が戻ってきた。母親は事態を処理できず、ぽかんとしていた父親を見て首を傾げたが、説明を受けると大いに喜んだ。

「本当？」

「ああ……。まだ信じられないが、本当に俊治がそこにいたんだ……。話もした」

おおよそ息子に会った父親がとるリアクションではないが、影山家にとっては一大事だ。

「すごいわ。きっと部屋から出るのが怖くなくなったのよ。クリスちゃんが言った通りになったわ！」

「そうだな……。うん。すごい」

　父親もだんだん状況を呑《の》み込めてきたらしく、うんうんと頷いた。

「やっぱりクリスちゃんとここで映画を観たのがよかったのよ。それでここにいても大丈夫と思ったんだわ」

「そうかもしれん。いや……、やっぱり理解のある人に頼んでよかった。値段がやけに高いと思っていたが、俊治が部屋から出てくるなら安いものだ」

「クリスちゃんは家事もしてくれているのよ？　家政婦さんを雇ったと思えばあれくらい普通よ。それに俊治のひきこもりが治るなら借金してでも頼むつもりだったわ」

「まあ、俊治が独り立ちしてくれれば、養う分がいらなくなるからな。いや……違うな。あいつが抱えている問題が解決するならもうこの際金なんてどうでも良い。あの子にはお礼を言わないとな」

　母親は嬉しそうにそうねと頷いた。


　後日、影山夫妻はクリスにお礼を言ったが、返ってきた反応は固かった。

「わたし自身、俊治さんのお役に立てて嬉しいと思っています。ですが、これはまだ始まりにすぎません。ここからまず家族のいるリビングでくつろいでもらうこと。日常的にコミュニケーションを取っていただくこと。そしてできることを増やしていくなど、たくさんの工程があります。これまでのことを考慮《こうりょ》すると、俊治さんの場合あるいは早く解決するかもしれません。しかし、油断は禁物です。たとえひきこもり状態でなくなり就労したとしても、数年後に再びひきこもるケースもあるのです。ですからここが一番肝心《かんじん》です。せっかく外に出てきた俊治さんが再びこもってしまわないように配慮しながらお話しして下さい。そしてご両親もどうかここで満足しないで下さい。喜ぶのは大いに結構ですし、わたしもそうですが、ここはまだ山の麓《ふもと》なのです。そのことをどうか忘れず、俊治さんの状態が完全によくなるまで頑張って下さい。わたし達は最初に十年と言いましたね？」

「ああ……。あれには正直まいったよ」

父親は肩をすくめ、クリスは頷いた。

「そうでしょう。しかし再発の可能性も考えれば、あの時間は妥当《だとう》だと思ってます。もちろん早く改善される可能性はおおいにありますが、問題はご両親が徐々に初心を忘れてしまうケースが多いことなのです。ここまで改善されたのだから、あとは放って置いてもいいだろう。そうなった時に子供側の準備ができていないと悲惨《ひさん》なことになってしまうのは言うまでもありません。何度も言いますが、ここはまだ山の麓。お二人にはどうかそのことを理解しておいてほしいのです」

クリスの真剣な眼差《まなざ》しに、影山夫妻は気圧《けお》されながら頷いた。

「わ、わかった。問題は解決していない。それをきちんと把握《はあく》しろというわけだね？」

「そうです」

「たしかにそうだ。俊治はまだひきこもりが治ったわけでも、働いたわけでもない。だけど、私達が君に感謝しているのはまた別のことなんだ。だからもう一度お礼を言う。ありがとう」

父親は座ったまま深く頭を下げた。母親も笑顔で「ありがとね」とお礼を言う。

それを見て、真面目《まじめ》だったクリスの表情が柔らかく変わり、可愛《かわい》らしく笑った。

「はい♪　これからもみんなで頑張りましょう！」

その笑顔は影山夫妻を勇気づけた。

○

正直、思ったよりどうってことはなかった。

前から両親のいない昼間はキッチンから食料を取ったりしていたからだ。

それでもやっぱり緊張はした。なにより僕を見て驚く父さんの顔が鬱陶《うっとう》しかった。

だけどなにか文句を言ってくるわけでもなさそうだし、うるさい小言《こごと》も言われなかった。

案外普通だ。この分なら下で食事をしてもいいかもしれないと僕は思い始めていた。

僕の部屋には冷蔵庫がないから冷えた飲み物も飲めないし、レンジもないから温められない。それにネットで話題になってるテレビ番組とかも観たかった。

親に食事を運ばせるのだってなんの罪悪感もないわけじゃない。

僕はベッドで寝転びながら窓の外を見つめた。夜空には三日月がのぼっていた。

ふと、夜の町ってどんな感じなんだろうという考えが湧いて出た。

三話

あれから三ヶ月が経った八月初旬《しょじゅん》。

猛暑の中、うちのリビングはクーラーでひんやりとしている。僕はクリスの作った昼食を食べながら録画した深夜アニメが映るテレビを見ていた。

二ヶ月前から毎日三十分、アニメを観ながら昼ご飯を食べるのが僕の日課になっていた。

その間クリスはキッチンで洗い物をしながら同じアニメを見ている。

クリスは決して僕みたいなアニメオタクじゃないけど、だからと言ってアニメに嫌悪感を抱いているわけでもないみたいだった。むしろ面白いものは素直に褒める良い子だ。

一緒に観ることに最初は抵抗があったけど、今では僕もあまり気にしなくなった。

時折クリスから質問があり、それに僕が答える。

「つまり敵だと思っていたあの女の子が実は仲間だってことですか？」

「うん。そうみたいだね」

僕はアニメの説明をしてからそうめんをすすった。

この頃になると、僕はすっかりクリスとの会話にも慣れ、ある程度なら自分の意見も言えるようになった。最初は否定されるかもと怖がっていたけど、両親もクリスも僕の意見は僕の意見として一定の理解をしてくれた。

今でもたまに落ち込むこともあるけど、泣いたりふさぎ込んだりすることはほぼない。昼食を食べ終わると、僕は食器を流しに持っていく。するとクリスがニコリと笑った。

「ありがとうございます。助かります」

「いや、別に、これくらいなら……」

僕は褒められて照れながらソファーに戻るとアニメの続きを見た。

最近は夕食もリビングで食べていた。お腹が減ってなかったり、寝ていたりと時間的に合わないこともあるけど、そうじゃない時は一緒に食事をとっていた。

昔はリビングでさえ、家族と一緒にいることでさえ怖かったけど、降りてきてみると大したことはなかった。

こうして見るとクリスはよく働いている。昼前に来て掃除に洗い物、僕の昼食を作って、洗濯物を取り込んで畳《たた》んでいる。せっせと働くクリスを見ながら僕は密かに感心していた。

僕なんかよりよっぽど大人だと思い、少しの情けなさも感じる。

アニメを観終わった僕は昼のワイドショーを流し見しながら親がいつの間にか買っていたタブレットPCでゲームをしていた。

ワイドショーでは昨日ネットで話題になった話を取り上げている。最近僕は意外と世間は遅れているんだなと思っていた。この話題はもうネットでは冷めていて、別のことが話題になっている。

それにしても世の中には結構酷《ひど》い人がたくさんいる。不倫《ふりん》をしたり、覚醒剤《かくせいざい》を使ったり、暴力を振るう芸能人。彼らは謝罪会見をして、涙ながらに頭を下げている。なのにこれを観ているはずの人達が次の週には泣きながら頭を下げる。

テレビではコメンテーターが昨日までの仲間を親の仇《かたき》のように非難している。こういうのを見ているとやっぱり外の世界は怖い。誰も信じられなくなる。もちろんやった側の自《じ》業自得《ごうじとく》もあるんだろう。でも人の失敗をショーにされるのを見ると失敗ばかりの僕としては怖かった。

一方でニュース番組では頑張っている一般人のコーナーなんかもあったりする。

何千万円もの借金を背負いながら成功を収めた飲食店のオーナーがいたり、若い女の子が牧場を経営していたり、目の見えないミュージシャンがいたり、みんな頑張っている。

この人達はどうしてこんなに行動できるのか。これも僕には不思議だった。

僕もやろうとは思う。でもできないんだ。動こうとすると怖くて、先延ばしにしてしまう。そうやってもう十年が経っていることに気付いて、また怖くなる。

それを誤魔化《ごまか》すように僕は無料でプレイできるカードゲームをやっていた。

しばらくして、クリスが洗濯物を取り込み始めた。この季節はすぐに乾くから楽だと喜んでいる。

そこで僕は手を止め、クリスの方へと向かった。さして興味もないワイドショーを観ていたのも、二階でやれるゲームをリビングでしているのもこの時の為だった。

これも下に降りてから知ったことだけど、クリスは僕の服も畳んでくれていたみたいだ。

そうなると当然下着にも触れることになる。僕はそれがどこか恥ずかしかった。

だから僕は取り込まれた洗濯物から自分の服だけを手に取り、畳んでタンスにしまうことにしていた。そうするたびにクリスは喜んだ。

「いつもありがとうございます。お手伝いしてくれるだけでもすごく助かります」

「うん。まあ、自分のことだし」

そう言いながら僕は自分の服を畳んだ。

恥ずかしいことだけど、僕は服の畳み方さえ知らなかった。クリスの見よう見まねで畳んでいくけど、スピードでは敵《かな》わない。僕が一枚畳んでいる間にクリスは慣れた手つきで二枚畳んだ。それでも僕も綺麗《きれい》に畳めるようにはなってきた。

枚数が少ないので早く終わった僕はすぐ近くにあったタオルも畳み始めた。だけどクリスが畳んだタオルとサイズが合わない。あれっと思っているとクリスが説明してくれた。

「すいません。わたしは普段フレンチ折りという折り方をしているんです。こうするとコンパクトになるんですよ」

そう言ってクリスは僕に畳み方を教えてくれた。

「横に広げてから縦に折って細くします。それから両端を持って真ん中に合わせて畳んで半分にして、それからもう一回真ん中に折ると小さくなるんです」

「へえ」

僕も言われた通りにやってみる。たしかに小さくなるし、普段何気なく風呂場で使っているサイズになった。僕ができたのを見るとクリスは嬉しそうに微笑《ほほえ》む。

「俊治《しゅんじ》さんは器用ですね。教えたらすぐにできるんですからすごいです。わたしなんて物覚えが悪いのでよく怒られてたんですよ」

「いや、これくらいだったら、まあ」

クリスは僕がなにをしても褒めてくれる。さすがに恥ずかしいというか、くすぐったいと思うこともあるけど、悪い気はしなかった。

二人で洗濯物を畳み終わると、クリスが申し訳なさそうに告げた。

「すいません。和室の電灯が古くなって付けると点滅するんです。換えのＬＥＤを買ってきたのですが、わたしじゃ届かなくて……。よければ俊治さんにお願いできませんか？」

クリスは小首を傾《かし》げ、上目遣いで僕を見てくる。これをされると僕は無理だと言えなかった。ゲームのイベントにもまだ時間がある。それにスカート姿の女の子を高い所に立たせるのは悪い気がした。

「…………いいけど、僕もやったことないからよく分からないよ？」

「やり方ならわたしがお教えします。いいですか？」

「まあ、うん。どこ？」

「ありがとうございます。こちらです」

僕が了承すると、クリスは喜んでリビングの隣の部屋に案内した。

普段あまり使わない和室に入ると、僕は天井の丸くて白いカバーを指差した。

「あれ？」

「はい。そうです。これをお使い下さい」

クリスはキッチンから台を持ってきて、照明の下に置いた。

僕がそれに乗ると、クリスは丁寧《ていねい》に説明してくれた。

「まずはそのカバーを外します。回して下さい」

「……あ、取れた」

僕はカバーを取ってクリスに渡した。

「次に繋《つな》がっているプラグを抜いて下さい」

「これ？」

「そうです。そしたら金具から蛍光灯を外して、今のと逆に新しいこれをはめて下さい」

僕は古い蛍光灯をクリスに渡して、新しいものを取り付けた。

「力を入れると割れてしまうかもしれないので、慎重に……。はい。それでプラグを付けて、またこれを被《かぶ》せたら終わりです」

意外と簡単だった。僕がカバーを付け直して手を離すと、クリスが壁のスイッチを押した。すると電灯は明るく光り、クリスは嬉しそうに笑った。

「つきました！　ありがとうございます。俊治さんのおかげです」

「まあ……簡単だったし……」

クリスのお礼を素直に受け取らない僕だけど、内心小さな達成感に喜んでいた。なによりクリスが喜んでくれるのが嬉しかった。

両親が帰宅し、夕飯の時間になるまで僕は自室でゲームをしていた。

最近はゲームのチャットも前より上手《うま》く使えるようになっていた。昔はあれをしようとかだけでお礼を言ったり、褒めたりはしなかったけど、今はそれも少しずつできるようになった。すると周りとの関係がよくなり、会話が増えてチームワークもよくなった。

夜になると父さんが帰ってきて、穏やかな足音で二階に上がってくる。

「俊治。ご飯できたぞ。今日は麻婆茄子《マーボーなす》だ」

「……うん。あと少ししたら行く」

僕はそう返事をするとゲームが一区切りしてから一階に降りた。

父さんはいつもニュースを観ながらご飯を食べる。僕としても観たい番組があるわけじゃないので文句はない。家族でニュースの内容だったり今日起きたことなんかも話した。

するとメールかなにかで聞いているらしく、父さんが聞いてきた。

「今日和室の明かりを換えてくれたんだって？　分かったか？」

「うん。あの子に教えてもらったから簡単だった」

すると母親が嬉しそうにした。

「換えようとは思ってたんだけど、あんまり使わないからね。ありがとう。助かったわ」

「うん」

僕は麻婆茄子を食べて、ニュースを観ながら適当に頷《うなず》いた。

それから洗濯物を畳むのを手伝ったことも褒められた。クリスはよく報告しているなと感心しつつ、僕はどうしてこの状況を恐れていたんだろうかと疑問に思った。

ただ、家族は変わった気がする。昔より優しくなった。

少しずつ、僕の世界が変わっていくのを感じた。

○

息子が部屋から出てきているので面談は近くの喫茶店《きっさてん》で行われた。

周りの客や店主はシスターとメイドが中年夫婦と話し合う姿をちらちらと見ている。しかしシスターはそれを気にせず笑った。

「率直《そっちょく》に言いましょう。息子さんの現状は順調と言っていいでしょう」

それを聞くと影山《かげやま》夫婦は顔を見合わせて喜んだ。父親が頷く。

「そうですね。俊治も家族で食事をとるようになりました」

「クリスちゃんのおかげです」と母親も笑った。

シスターの隣にちょこんと座るクリスは嬉しそうに照れ笑いを見せる。

シスターは満足そうに胸から下げた十字架型のライターの蓋《ふた》をカチャカチャと動かして

から、視界の隅に見つけた灰皿を逆さまにした。

「お喜びいただきありがたい限りです。ですがご満足していただいては困ります。ここはまだ山の麓《ふもと》なのです」

シスターがそう言うと影山夫妻はどこか面白そうに笑った。

不思議がるシスターにクリスが恥ずかしそうに言う。

「すいません。わたしも以前、同じようなことをお二人に言ったんです。まだ山の麓ですと。受け売りで……」

「なるほど……。まあ、教えた者と似るのは仕方ないですね」

「やはりあなたが教えているのですか？」

父親がそう尋ねるとシスターは否定した。

「いえ。わたしをはじめ、クリスも他の更生員もマザーにご教授してもらっています。まあ、こちらのことはどうでもいいです。話を戻しましょう。まずは部屋の外に出てもらうことに成功しました。些細《ささい》なことに思えるかもしれませんが、大きな進歩です。ではどうするか？　この前は家事をしてもらうと説明しました。家事も大事ですが、大切なことはできることを増やすことです」

「できること？」

「はい。部屋の外から出たと言ってもひきこもりはひきこもり。自信の欠如《けつじょ》は否《いな》めません。ではなぜ自信が持てないか？　それはできることがないからです」

「それは特技という意味ですか？」

「もちろんそれもありますが、特技を持つのは次の段階です。まずは人として当たり前のことができるのが大事なんです。朝一人で起きる。食事を作る。洗い物をする。洗濯する。掃除をする。身だしなみを気にする。買い物をする。とまあこんなところでしょうか。大人ならできて当然なことです。ですが難しいことでもあります。私だって全部できるかと言われればできません。朝はメイドに起こしてもらってますし、食事も勝手に出てきます。洗い物はやってくれるし、洗濯も干して畳《たた》んでもらってます。掃除も頼んでますし、身だしなみもあまり気にしません」

「シスターはもっと気にして下さい……」

クリスが恥ずかしそうに呆《あき》れると、影山夫妻は苦笑した。だがシスターは平気だ。

「ですが私には自信があります。誰になんと言われようと我《が》を通す自信が。しかしひきこもりにはそれがありません。わがままなので一見自信があるように見えますが、その実逃げているだけです。自信がないから現実から戦わずに部屋や家に逃げ込んでいるのです。傷つかない為にね。これは情けなくもありますが、正しい行為でもあると思っています」

「正しい？　ひきこもりがですか」

母親は少し驚いていた。シスターは頷く。

「はい。戦うことは確かに大事です。ですが、いつも勝てるとは限りません。負けることで心が修復不能なまでに傷つくことも珍しくないのです。鬱病《うつびょう》や摂食障害。アルコール依存症など、心に傷を負った人間はひきこもりどころか病人になってしまいますから。過労の末に自殺するなら、ひきこもる方がマシだと思うのはわたしだけじゃないでしょう。これはわたしの見解ですが、病気を治すことより、ひきこもりを家から出す方がよっぽど楽です。加えて言えば、ひきこもりはそれらの病気の一歩手前と言えるでしょう。だからケアが必要なのです。悪化すればそれだけ治療が大変ですから」

そこでシスターは頼んでいたコーヒーを一口飲んだ。

「ではこれからご両親にはなにをしていただくかですが。簡単です。褒めてください」

「褒める？」

父親が聞き返すとシスターは頷いた。

「そうです。人が自信を持つ時はどんな時か？　それはなにかができて達成感を得た時。そして誰かに認められて承認欲求が満たされた時。つまり自分か他人に褒められた時です。精神的に強い人は承認欲求への耐性が強い場合が多いですね。他人の評価より自分が得た達成感を重視するのです。一方でひきこもりなど自分に自信がない人は達成感より承認欲求を重視します。自分に自信がないので自らの価値観が信じられず、他人の評価に依存するのです。他人から高評価を得るために頑張れば理想的ですが、ひきこもりは他人から低い評価を受けたくないとこもってしまいます。これを解決するにはまず認めてあげること。そうすれば自然と自分の価値観にも自信が持てるようになり、他人から低い評価を受けても気にしなくなります」

シスターは最後に「わたしみたいにね」と付け加えた。父親は頷いた。

「……なるほど。その為に褒めろ、認めろというわけですね？」

「はい」

「ですが、その……、鬱陶《うっとう》しがられませんか？　これは私が男だからかもしれませんが、わざとらしく褒められるとなにか裏があるんじゃないか？　実は皮肉を言われているんじゃないかと思ってしまうんですが」

「それは信頼関係が築けてないからですね。よく知っている人ならその言葉が皮肉なのか、冗談なのか、本気なのかが分かるものでしょう？　ですから褒める前に互いを知ることが必要なのです。その為にたくさん話しかけてもらい、相手に自分の情報をたくさん渡してもらったんですよ。本気で褒めている。喜んでいる。認めてもらっている。そう感じていれば自分を肯定してくれる言葉を素直に受け取り、自信がつくのです」

その説明を聞いて両親はこのシスターはよく考えていると感心していた。

「あなた方にはしてもらいたいことがあります。褒めること。お礼を言うこと。この二つを常に様々な形で表現してもらいたいのです」

「様々な形……。例えば、お金をあげるとかですか？」

「それも一つです。でもあげすぎないで下さい。少なすぎるのも問題ですが、あげすぎると労働した時に割に合わないと感じてしまい、萎《な》えてしまう場合があります」

「そうですね……。お金を稼《かせ》ぐことは大変ですから」

「まったくです。おっと。失礼しました」

シスターは肩をすくめたが、父親はもう気にする様子を見せなかった。

「いえ、私も社会人ですから分かります」

シスターはまたコーヒーを飲んだ。

「さて、大事なのはここからです。今までは下準備にすぎません。根気強く話しかけ、褒めてあげ、認めてあげ、自信がつけばあとは本人が動き出すものです。しかし社会を知らないひきこもりにそう多くの選択肢《し》はありません。ですからその時の為に色々と調べておいてあげて下さい。背中を押す人間がなにも知らない。これほど無責任なことはありませんから。学校などこの典型です。相談しようにも教師はカウンセラーではありませんし、そもそも教師のほとんどが大学を卒業して試験を受けて今の職についただけ。そんな狭い世界しか知らない人間になにかを期待する方が間違っているとさえわたしは思っています。そして、その為のわたし達なのです。多少費用はかかりますが、時間を無駄に浪費するよりはプロに頼む方がよっぽど健全じゃないでしょうか？」

シスターは自信たっぷりに胸に手を当てた。

父親は最近の若い子は強いなと苦笑してコーヒーをスプーンで掻《か》き混ぜる。

「そうかもしれません」

「でしょう？　ではこれからの指針をまとめましょう。まずは褒めて自信をつけてもらいます。次にできることを増やし、達成感を覚えてもらう。これらをやっていきましょう。なに、最初は恥ずかしいですが、慣れればどうってことありません」

シスターの言葉通り最初、両親は褒めるのに苦労した。

特に父親は恥ずかしがった。男は傾向的に口に出さず態度で示すことを美徳とする人が多く、父親もその例に漏《も》れないからだ。

しかし努力の甲斐《かい》もあり今では日常的に褒められるようになっていた。

おかげで息子は部屋の外でくつろげるようになり、安心した表情を見せるようになっている。そんな息子を見るたび、両親は喜び、安堵《あんど》した。

○

夕飯後。僕はテーブルに置かれた見慣れない物に驚いた。

「ほら、電灯換えてくれただろう？　そのお礼だ」

そう言って父さんは僕に千円札を二枚くれた。

「……え？　いや、でも、簡単だったし」

「それでもやってくれただろ？　私がやるつもりだったが、時間がなくてな。それにこういうことを業者に頼めばこれくらいするんだよ」

ありがとうな。そうお礼を言ってから父さんは風呂場に向かった。

母さんも「もらっておきなさい」と笑っていた。

僕は貰った二千円を見て、変な気持ちになっていた。なにかをしてお金を貰った。こんなことはお手伝いをしてた小学生以来だ。なんだかむず痒《がゆ》い。

しばらくぼーっとしていた僕はようやくこの気持ちが分かった。

感動していた。

二十五歳からしたらたった二千円なんだろう。それでも僕には大きな価値があった。お金が貰えた。これは僕のお金だ。

なにを買おうか？　なにが買えるのか？

結局分からなかったので、中学の時に買ってもらった財布に入れておくことにした。

引き出しから取り出して久しぶりに見ると、メッシュ素材でチェーンのついた財布は子供っぽくて、なんだか恥ずかしくなった。

それでも空《から》っぽだった財布に中身が入ると、少しホッとして、嬉しかった。

次の日、僕は掃除中のクリスに尋ねた。

「え？　欲しいものですか？」

「……うん」

昨日僕も考えたけど、これといったものは浮かばなかった。クリスはう～んと考え込む。

「そうですね……。お洋服も欲しいし、靴《くつ》も新しくしたいですし、お化粧品《けしょうひん》だって買ってみたいし、おいしいものも食べたいし、ミカエルのお部屋を豪華にしてもあげたいです。すいません。たくさんあって選べないです」

クリスはあはは……と困りながら笑った。

やっぱり女の子だなと僕は感じていた。挙げるもののほとんどが僕の優先順位とは違う。

僕は新型のゲーム機やパソコンを新しくしたいと思っていた。でも二千円じゃ無理だ。もう少しお手伝いをすればもっと貰えるんだろうか？　それでも何万円も集めるのは大変だろう。そう言えばもう何年もなにかを買ってもらったことはない。食べ物と水くらいだ。

僕としても欲しいものがあっても言えなかったし、それに慣れると欲しいものさえなくなっていった。

現状が続けばそれでいいと思ってしまうんだ。生きてパソコンするだけが僕の人生だと諦めてくる。

だから突然お金を渡され、困惑していた。

買いたいものはあまりない。なら、買うべきものに使うべきなのかな？

僕はなにを買うべきなんだろう？　それすらもいまいちピンとこなかった。

たくさんあるような気もするし、なくてもいいような気もする。

とりあえずと僕はショッピングサイトを眺めてみたけど、物が多くてどれがいいのかが分からない。それにどれも高くて二千円じゃなにも買えない。

それにしても、みんなはどうしてこんなに物が必要なんだろうか？

○

喫茶店でシスターは頼んだシフォンケーキを食べながら話を続けた。

「欲求減衰。わたしの考えではこの状況がひきこもりで一番厄介《やっかい》なものだと思っています。ひきこもりですから普通はどこにも行きたがりません。そうすると服や靴はいらなくなります。そうやってどんどん欲しいものがなくなり、遂《つい》には欲求そのものが消えてしまうことがあるのです。その場合、部屋にこもること自体が目的となってしまいます。こうなると非常に危険です。人はどうして生きるのか？　まるで哲学ですが、この答えは欲です。生きたいから生きるんです。ではなぜ働くのか？　好きだからというのもある意味では合っていますが、それは労働ではなくやっている職への答えでしょう。労働の答えはお金です。ではどうしてお金を得るのか？　欲しいものを買う為です。欲と生は直結しています」

「……ですが貯金などは？」

母親の質問にシスターは口の横にクリームを付けたままスムーズに答えた。

「貯金もお金を持っておきたいという欲を満たす為の行為です。つまり、人間はなにか欲しない限り動かないわけですね。しかしひきこもりが長期化するとそれらへの欲求が減少していきます。自分とは関係ないと思うからでしょう。今の現状に満足してしまうケースもありますし、たとえ欲してもどうせ手に入らないと諦めてしまうパターンも多いです。彼らには食事や住居の心配もありませんしね。その状況が長くなると、ついにはなにも欲しなくなり、動かなくなります。ここまでくると入院も視野に入れなければなりません」

入院。それを聞いて両親は緊張した。それをほぐすようにシスターは笑う。

「今のところ息子さんにその心配はないでしょう。アニメやゲームなどの趣味もあるみたいですし、順調に部屋から出ている。ご両親やクリスとも徐々にコミュニケーションが取れてきています。ですが次のステップにいくには外に出る為の目的が必要です。それがつまり欲ですね。彼の欲を刺激してあげる必要があります。しかし同時にその欲をコントロールさせることも大事です。欲しいものを欲しいだけ買ってあげると、今度は働く意欲が減っていきます。お金を使うことに慣れていない人に大金を渡すと大抵良いことにはなりません。そうやって今度はギャンブル依存症を引き起こしたケースもありました。外に出たのはいいものの、パチンコにハマって消費者金融に何百万も負債《ふさい》を抱え、遂には自己破産。なんてことも珍しくないです」

あまりにもリアルな破滅に影山夫妻は冷や汗を流す。

そしてまだなにも解決していないことを再認識した。一つの問題が去っても更なる難題が降りかかる可能性があるというのだ。二人共そんなことにまで頭が回っていなかった。

シスターは二つ目のケーキに手を伸ばし、また口の周りをクリームで汚した。

「欲求減衰と依存症。その二つを解決するのが定額制です。ある程度お金を渡して欲求を刺激してあげる。小遣いより高いものが欲しいなら働くほかありません。それにお金を計画的に使う、お金を貯めるということも学べます。大金を渡すわけではないので依存症にもなりにくい。大事なことは定額を守ることです。どれだけ頼まれてもそれ以上は渡さないで下さい。お金が欲しいなら働かないといけない。それを理解させる為です」

「例えば、学校や習い事などに通いたいと言ってもですか?」

父親の質問にシスターは小さく笑った。

「その場合は互いで相談して下さい。小遣いで賄《まかな》えて、その上でなにか買ったり遊んだりするだけお金が残れば増やす必要はないですし、そうでないならご両親が別途払ってもいいかもしれません。過保護と思われるかもしれませんが、これは過程です。きちんと働いて自分の責任を認識できるようになればそのうち小遣いをもらうことすら嫌がりますから。まずは欲求を持たせること。そしてそれを制御することを教えてあげてください。まあ、わたしも人のことは言えませんが」

そう言ってシスターは灰皿をちらりと見て、寂しそうに十字架を握った。

クリスはシスターの口についたクリームをハンカチで拭いたあと嘆息《たんそく》した。

「抵抗があるかもしれませんが、お金がなければ大人らしさは生まれません。ですからお二人にはどうかご理解頂けると嬉しいです」

クリスが頭を下げると、影山夫妻は頷《うなず》いた。

「まあ、まずはやってみよう。それを見てからだ」

父親がそう言うと、母親はそうねと同意した。

○

とりあえずいりそうな物をリストにしてみた。

靴はサイズがきついし、服もスウェットやジャージくらいしかないからきちんとしたのがあった方がいいんだろう。財布も古いし、鞄《かばん》も中学のしかない。

こうやって見ると僕はなにも持ってなかった。

当たり前だけど二千円じゃなにも揃《そろ》わない。でも財布くらいならなんとかなるかな。

サイトを見ていると物ってのは高くて、たくさん種類がある。

服なんか色んなデザインがあるけど、どれを選べばいいんだろうか？　みんなはどんな服装をしているんだろうと調べてみると、案外普通なことが多い。やっぱり買うならお店で見てからの方がいいんだろうけど、それには外に出ないといけない。

外に出るために服を買うんだろうか？　それとも服を買うために外に出るんだろうか？　よく分からなくなってきた。これが俗《ぞく》に言う服を買いに行く服がないって状態か。だけどそもそもお金がない。お金を稼《かせ》ぐ為には働かないといけないわけだ。

またしても八方塞《ふさ》がりだった。

いっそのことゲームのアイテムでも買おうかなと思ったけど、それにもコンビニで電子マネーを買わなきゃならない。ネットで物を買っても支払う時には人と会う必要がある。

両親とクリス以外の人に会って大丈夫なんだろうか？

他の人はクリスみたいに引きこもりに優しいわけじゃない。それはこの前やってきたセールスマンもそうだし、ネットの書き込みを見ていてもそうだ。

僕が外に出たら近所の人からは怪しまれるだろうし、知らない人でも格好や雰囲気《ふんいき》からひきこもりだと察して馬鹿にしてくるかもしれない。

そう思うと僕は怖くて外に出る気がしなかった。当面人とは会いたくない。でも買い物は少ししたい。僕は再びの堂々巡りに陥《おちい》っていた。

どちらにせよ、お金がないとなにもできないことに気付いた。

夕飯時、父さんはスポーツニュースを眺めていた。

スワローズの連勝に満足げな顔をしたあと、何気なく僕に尋ねてきた。

「そういえば俊治はなにか欲しいものはあるのか？」

「……べつに」

本当はあったけど言えなかった。

「だけどまったくないわけじゃないだろ？　それで母さんと相談したんだけど、小遣いを渡そうかなと思ってるんだ。月に二万くらいでいいか？　それとももっとほしいか？」

二万円。その金額を聞いて僕はまた驚いた。僕が最後にお小遣いをもらったのは中学二年の時。金額は千五百円だった。それがいきなり二万円だ。

でも服や靴なんかを買ったら多分それくらいは必要にはなる。余ったらゲームや漫画も買いたいし。だけど、ひきこもりの僕がそんなに貰《もら》ってもいいいんだろうか？

「……でも、そんなに…………」

「別にこれくらい普通だよ。私が若かった頃は二万円なんてすぐになくなったもんだ。金額に関しては気にしなくてもいい。ゲームでも漫画でも好きに買っていいよ。ただし、月に二万円で収めるんだ。いいな？　使わないなら貯金したらいい」

そう言うと父さんは綺麗《きれい》な一万円札が二枚入った封筒を僕の前に置いた。

普通。二万円が普通なんだ。それがまた僕を驚かせた。

「これから毎月一日に同じ金額を渡すよ。余ったら銀行に預けたらいい。少しだけど利子が貰える」

「へえ……」

利子。聞いたことはあるけど僕にはいまいち分からなかった。だけど預けるだけでお金が貰えるならすごい制度だ。

それから僕は自分の部屋で通帳サイトを開き、千八百円の財布を代引きで買ってみた。

二日後、僕の代わりにクリスがそれを受け取ってくれた。

「どうぞ♪」

楽しそうなクリスから受け取ると、さっそくリビングで箱を開けてみた。

そこにはシンプルで少し大人っぽい二つ折りの黒い財布が入っていた。

それを見てクリスは嬉しそうに笑いかけた。

「かっこいいですね♪」

安い財布だけど、僕が今持っている物に比べたら少しは年相応に見えた。

「……そうかな」

　悪くないと僕も思った。すぐに今あるお金を入れ、保険証をカード入れに入れると財布が少し財布っぽくなった気がした。

　財布を手に入れるとあとは服と靴《くつ》が欲しくなった。だけどサイズがよく分からない。やっぱり買い物に行かないといけない。でも、人がたくさんいるところは怖い。

　窓の外を見るたびに、ドアを見かけるたびに、僕は外のことを考え始めていた。

　それでもまだ、外に出たいとまでは思わなかった。僕はそれだけ外を知らない。

　子供の頃はなにも考えずに開けていたドアが今ではとても歪《いびつ》なものに見える。

　あの頃は友達と鬼ごっこをしたり、ゲームをしたりしに出かけていたはずだ。家に帰るのを惜しいと思ったことも一度や二度じゃない。

　たまに思う。子供の頃に見ていた景色と今の景色は本当に同じなんだろうかと。

　あの頃の僕はありのまま世界を見ていたと思う。

　それに比べて今の僕は窓から見えるちょっとした影さえ誰かが潜《ひそ》んでいるんじゃないかと怯《おび》えている。それが本当か妄想かを調べに行く勇気はまだない。

　歳《とし》を取ったことを確認すると、子供の頃に戻りたくてしょうがなくなる。

　あの頃感じた無敵感と万能感は跡形もなく砕《くだ》け散って、残骸《ざんがい》さえ残っていない。

今の僕に必要なのはあの頃の気持ちだと思う。いわゆる勇気と呼ばれる感情だ。

僕の勇気は、一体どこにいってしまったんだろうか。

少なくとも、それは部屋や家の中には転がってなかった。


猛暑の中、クリスが外から戻ってきた。夏服になり、ブラウスが半袖《はんそで》になったので少しだけど露出が増えていた。そのせいかいつもより緊張してしまう。

「……えっと、アイス食べる？」

「あ、いいんですか？　ありがとうございます♪」

僕がバニラの棒アイスを差し出すと、クリスは嬉しそうに笑って受け取った。

クリスはぱくっと一口食べると、ぎゅっと目を瞑《つむ》ってからニコリと笑った。

「ん～～～～～♪　おいしいです♪」

「……やっぱり、外は暑い？　別にいいよ、草むしりなんて」

「ですけど、はむ……。今やっとかないと伸び放題になってしまうので、はむ……。今のうちに頑張らないといけません！　はむ！」

ところどころでアイスを食べながらクリスは体力ゲージを回復させていた。

クリスは誰に言われたわけでもないのに庭の草むしりをしていた。除草剤を撒《ま》くとあとあと大変だからと一つ一つ手で抜いているらしい。玄関には草の入った青いゴミ袋が膨《ふく》れていた。クリスはタオルで汗を拭くと、気合いを入れた。

「よし！　もうひと頑張りです！」

どうしてこの子はこんなに頑張れるんだろう？　仕事でもないことまで一生懸命やっている。

この時には僕はクリスのことを偽善者だとは思わなくなっていた。そしてぼんやりとだけど、他人の為に努力することがクリス自身の為にもなっているんだろうと感じていた。

それはすごいことだと素直に尊敬する。人の為に動くなんてことは今の僕じゃ無理だ。

僕はクーラーで冷えたリビングの大きな窓から、炎天下で草むしりをしているクリスを眺めていた。女の子に働かせてつまらないテレビを観ていると、僕は一体なにをしているんだと情けなくなり、自然に溜息が漏《も》れる。

気付くと僕は立ち上がり、掃《は》き出し窓を開けて外に出ていた。

ドキドキしながら辺りを見回すけど、うちの庭なので当然クリス以外は誰もいない。塀《へい》も高いし、外から覗《のぞ》かれる心配もなかった。

真夏の日差しは重いほど暑く、髪の毛が熱を持っていくのがよく分かった。まだ動いてもないのに汗がじわりと滲《にじ》み出てくる。

こんな状態で一時間も草むしりをしていたのかと思うとクリスが憐《あわ》れに思えてきた。

後ろにいた僕に気付いたらしく、クリスが振り返り、少し驚いた顔を見せた。

「えっと……、なにかご用ですか？」

僕は言うのが恥ずかしくてまずはしゃがんだ。そして近くにあった雑草を引っこ抜く。

水気を含んだ黒い土が冷たかった。

「………手伝うよ。その……、あれだから」

あれの内容は僕も分かっていないけど、そのまま手伝うとは言うのが恥ずかしかった。

するとクリスは喜んで目を煌《きら》めかせる。

「本当ですか？　ありがとうございます！　とっても嬉しいです！」

喜んでもらうと僕も嬉しかった。僕はクリスから軍手を借りて、作業を続けた。

それにしても暑い。外はこんなに過酷《かこく》な環境なのかと舌を巻いた。

僕とクリスは水をごくごく飲み、たまに日陰で休みながら作業を続けた。汗でべとつくし、体はどんどん重くなるし、照り返しで足下からも熱がくる。

きつかった。しんどかった。苦しかった。でも、それ以上に気持ちがよかった。

少しの間、僕は子供の頃に感じた爽快《そうかい》感を思いだしていた。

そしてやっぱり、あの時と同様に夕暮れで伸びる影を見ると今日の終わりに触れたみたいで寂しくなった。

風呂場の外でかさりと音がした。

「タオル、ここに置いておきますね」

「あ、ありがとう……」

僕は恥ずかしがりながらシャワーを浴びていた。曇《くも》りガラスの向こうではクリスが動くのが見える。

汗だくになった僕を見てクリスは風邪《かぜ》をひいたら大変ですとシャワーを勧めた。

僕はクリスの方が先でもいいと言ったんだけど、お手伝いが主人より先にお湯を頂くなんてと断られた。僕は自分のことを主人だなんて思ったこともなかったから少し驚いた。

先にシャワーを浴びると、少しぬるめのお湯が気持ちがよかった。

頭からお湯を掛け流しながら思った。僕は今日、外に出たんだ。自宅の庭だけど、外は外だ。変な達成感に思わず笑みがこぼれる。

僕は家の外に出た。案外簡単だった。庭くらいなら次も問題なさそうだ。

でもその先はどうなんだろう？　敷地の外には人がいる。

これも出てみれば案外どうってことないんだろうか？　いや、でも……。

考えているると時間が経っているのに気付いた。まだクリスは汗をかいたままだ。僕は急いでシャワーを止め、体を拭き、服を着替えてリビングに向かった。するとクリスはもういなかった。帰ったのかな。そう思った時、音が聞こえた。寝息だ。音のする方へ行ってみると、クリスがソファーで丸くなって寝ていた。まるで子猫みたいだ。一瞬熱中症かなと思ったけど、その寝顔は健やかで可愛《かわい》らしかった。見ちゃいけないと思いつつも、その愛らしい微笑に僕は釘付《くぎづ》けになっていた。

こうやって見るとやっぱり子供だ。汗でボリュームを失った髪がおでこに張りついていた。白かった肌は日差しで焼けてほんのり赤くなっている。手は小さくてたまにぴくりと動いた。薄い唇がちょっとだけ開いている。細く綺麗な腕が伸び、裾《すそ》の奥が見えそうだ。同様にスカートから伸びた足もすらりとしていて、白いソックスが映《は》えている。

僕は思わずゴクリと唾《つば》を飲んでしまった。日頃思わないようにしていた気持ちが胸の奥からせり上がってくる。

僕の手が無意識的にクリスへと伸びていく。けどそれは白い肌に触れる前に溜息と共に落下した。僕がソファーをトントンと叩くとクリスはゆっくりと目を覚ました。

クリスは僕を見て慌てて正座になり、頭を下げた。

「す、すいません……。ついうとうとしてしまって……」

「ううん。それより風邪ひくから、早く、その…………」

「は、はい。じゃあ失礼します」

そう言うとクリスはそそくさと風呂場の方へと行ってしまった。

誰もいなくなったリビングで僕は天井を向いて長く息を吐いた。

今の僕が最も怖いのは外に出ることじゃなくて、あの子を失うことかもしれない。

でもきっと、それはそう遠くない未来には………。

僕は薄々と気付いていたことに目を背け、冷蔵庫から麦茶を取り出して飲んだ。

窓の外では薄明かりの中、僕らが草むしりをした庭があった。いつもより広く感じて、また少し嬉しくなった。

その日、僕は父さんの靴を履《は》いて、サイズを確かめてからネットでスニーカーを買った。

白黒のスニーカーは四千円だった。届いた物を自分の部屋でこっそりと履いてみると、なんだか生まれて初めて足を手に入れたようでワクワクした。

僕はスニーカーを履いたまま、夜の町を見つめた。人の気配がなく、明かりだけがあった。静かで涼しげな夜が僕を手招きしているように感じた。

深夜。時計が一時を指す頃、僕はこっそり部屋から抜け出して一階に降りた。足音を立てないように泥棒みたいな抜き足差し足で玄関まで来ると、持っていたスニーカーを履く。

ゆっくりと鍵《かぎ》を開けるとそれでもカチャリと音がした。僕は心配になって振り向いたけど、両親が起きてくる気配はなかった。

安心した僕はゆっくりとドアを開けて、音を立てないように閉めた。

前を向くとそこには外があった。

僕は、家の外に出た。

静かだった。人の気配もしない。昼間あれだけ暑かったのに、夜は涼しかった。

家の前の道に出ると僕はきょろきょろと目をせわしく動かした。等間隔《とうかんかく》で街灯が照らす道にはやっぱり誰もいない。車やバイクも見当たらなかった。たまに向こうの県道から微《かす》かに音が聞こえてくるだけだ。

外に出た。だけど僕にはこれといった目的地がなかった。とりあえずと家の周りを歩いてみる。新しいスニーカーの感触は悪くなかったけど、普段歩かないのでぎこちなかった。

上下ジャージ姿なので職質《しょくしつ》に会わないか心配だったけど、そもそも誰もいない。

ポケットには千円だけ入れた財布が入っている。たくさん持っていると盗《と》られるかもしれないと用心していたけど、その必要もないみたいだ。

警戒心がほぐれたところに遠くから自転車に乗った若い男の子がやってきた。

僕はびくっとして俯《うつむ》いたけど、男の子は僕のことを気にせずにスマホをいじりながらふらふらと通り過ぎていった。内心、襲われるかもしれないと思っていたのに拍子抜けだ。

それからもOLとすれ違ったけど、どちらかというとあちらの方が警戒していた。

家の明かりはほとんどが消えている。それでもまだぽつりぽつりと一部屋単位で明るかった。あそこでも誰かが起きていて、なにかをしているんだと思うとなんだか不思議だ。

うちの周りはそれほど変わっていなかった。見慣れない車が停まってるくらいだ。

近所の家を見上げると、それぞれ生活のあとが見て取れた。ところどころ古くなっていたり、新しくなっていたり、犬小屋があったり、分解されたスクーターがあったりする。

道にも空き缶や軍手が片方落ちていて、ここを昼間はたくさんの人が通っていることを証明していた。

しばらくして家の周りを一周した僕はもう少しどこかに行きたいと思う反面、今日はこれくらいでいいかなとも思っていた。

時計がないので時間が分からない。そう言えば時計も必要だ。部屋の時計も壊れているからクリスはいつも時間を確かめる為にスマホを取りだしている。

僕は出た時と同じようにひっそりと、こっそりと家に帰った。

小さな大冒険は笑ってしまうほど呆気《あっけ》なく終わった。

玄関の時計によるとたった十五分だったけど、その夜は興奮してしばらく眠れなかった。

僕は外に出た。外に出たんだ。

それからも僕はちょくちょくと夜に外へ出かけた。

自販機でサイダーを買って飲むと、家で飲むよりおいしくて、なんだか少しまともになった気がした。


八月も終わりに近づく頃、夕飯時に父さんが僕へ尋ねた。

「……俊治。最近夜、外に出てるのか？」

僕はドキッとした。気恥ずかしさもあったし、なにより責められると思って俯いた。

すると母さんも「そうなの？」と聞いてくる。

「……え、いや…………」

「ああ、勘違《かんちが》いしないでいい。別に否定するつもりはないんだ。だけど危なくないかが心配なんだよ。ほら、最近色々と物騒なニュースをやってるだろ？」

「……べつに、誰もいないよ。まあ、たまに酔っ払いがいたりするけど」

「そうか……。いや、うん。お前が安全ならそれでいいんだ。そうだ。外に出るなら携帯を持ってもいいかもな」

父さんが言うと母さんはうんうんと頷《うなず》いた。

「そうね。なにかあったら大変だし、あって不便じゃないわ」

「いや、でも高いし……」

僕がそう言うと父さんは笑った。

「それは気にしないで良い。それに今は安いのがあるんだろう？　私はよく知らないんだが、よかったら俊治が調べてくれるか？　お前の方が詳しいだろう？」

「ええ……。めんどうくさいよ……」

「でもやってくれたら携帯が持てるぞ？　欲しくないのか？」

「別にタブレットでいいんだけど……。まあ、一応調べてはみるよ」

「そうか。もし安かったらこっちにも教えてくれ。そしたら私達も助かるよ」

「……うん」

僕は怒られずにホッとしていた。それにしても携帯か。

確かに最近のネットニュースはアプリなどのスマホ関連のものが多い。だけど携帯はひきこもりと最も縁遠いものでもある。外に行かないなら携帯は使わないからだ。

でもスマホがあればたしか時計が見られるはずだ。そしたら時計は買わなくてもいい。

それにクリスも持っていた。この前アプリの使い方を教えてほしいと言われたけど、自信がなかったので断っていた。

　調べてみると格安スマホはたくさんあって、案外安かった。月々千円くらいなら僕の小遣いでも払える。だけど書類証明をしなくちゃいけなくて、それについては困った。保険証だけじゃだめらしい。当然僕は運転免許証なんて持ってないし、住民票をもらうには役所へ行かないといけない。

　悩んでいた僕は更に検索を重ね、マイナンバーカードの存在を知った。親に尋ねるとそう言えば届いていたと言われ、それを使うことにした。

　届いていたのは通知カードだったらしく、本物を貰《もら》うには写真を撮ってネットで登録すればいいそうだ。これなら外に出ないで済むと安心した僕は父さんのＹシャツを拝借した。

「撮りますよ～？」

「う、うん……」

　クリスに写真を撮られるのは恥ずかしかったけど、これでなんとかなりそうだ。

　後日届いたマイナンバーカードを使って格安ＳＩＭ会社に登録。ようやく届いたＳＩＭカードをネットで買った安いスマホに挿すと、なんとか電話が使えた。

　ここまでかなりの時間が経っていて、正直僕は疲れていた。何度もやめようかなと思ったけど、やりきることに成功した。通話ができると嬉しいと同時に、なにかを始めるのって大変だなと改めて分かった。

これだけ頑張っても僕の電話帳には両親の携帯と実家だけしかなく、少し寂しくなる。それでも僕は自分の力で携帯を手に入れた。物より経験が得られた僕はよく分からない喜びと疲労感を感じていた。

僕がスマホを持っているとクリスが興味深そうに覗《のぞ》いてきた。クリスにはこれを手に入れる前に、悪いけど番号やメールアドレスは教えられない規定になっていると謝られた。

正直ガッカリしたけど、冷静に考えれば十八歳の女の子に電話番号を聞くのもおかしい行為だと思い、気にしてないとだけ答えた。

それでもやっぱりショックはショックだった。

それからポロシャツとジーンズもサイズを調べて買ってみた。こうやってみると僕が唯一できると言っていいインターネットがあれば、意外と色々できるもんだ。

「へえ、そんなことまでネットでできるのか。俊治は詳しいな」

「よくできるわねえ。わたしにはさっぱり分からないわ」

「俊治さんはすごいですね。わたしは思いつきもしませんでした」

父さんも母さんもそしてクリスも自分にはできないと驚いていた。

僕としては人となるべく会いたくないと思ってやったことだけど、意外とやれない人は多いらしい。それは少し自信になった。

十年間、僕がやってきたのはネットくらいだ。それは完全には無駄じゃなかったらしい。みんなができず、僕にできることがある。それが分かるとまた嬉しくなった。


結局貰ったお小遣いはほとんどなくなってしまった。

九月一日まであと六日ほどある。一度はいらないと思っていた腕時計だけど、一応持っておいた方がいいかなと安い腕時計をネットで注文したせいで、残金は底を付いた。

こうなると着払いはもったいなく思えた。手数料だけでもう何千円も払ってる。どうにかならないかなと思って調べると、コンビニ払いなら手数料がかからないらしい。

コンビニ。深夜の町を歩くことがすっかり習慣となった僕だったけど、まだ人がいるところには行ったことがなかった。

それでも誰かとすれ違うことには随分《ずいぶん》と慣れてきた。案外みんな他人に興味がないのか、ちらっと見られることはあっても、じろじろ見てくる人はほとんどいない。

この日、僕はコンビニの前まで来ていた。なるべく人が少なそうな町外れの店を選んだのが功を奏したのか、店内には店員以外誰もいない。冷静に考えれば都会でもない限り深夜二時のコンビニに買い物をしに来る人なんてほとんどいないんだろう。

僕は深呼吸をしてからもう一度辺りに誰もいないことを確認して、コンビニの中に入った。中はクーラーが効いてててひんやりとしていた。僕が店に入ると奥から人が出てきた。眠そうな茶髪の男だ。よく見ると結構歳《とし》を取っている。三十代後半くらいだ。

まずそれに驚いた。コンビニで働いてる人はみんな若いと思い込んでいたからだ。

それにしてもだらしない男だった。挨拶《あいさつ》もしないし、眠そうに立ってるだけだ。

え？　こんなことで給料が貰えるの？　そんなばかな……。

僕は困惑しながら店内を物色した。コンビニも十年ぶりだ。ノートや電池。洗剤や下着なんかも売っていて驚いた。こんなの昔からあったっけ？

もっと見たかったけど誰かが入店するのが怖いので早めに買う物を決めることにした。

そう言えば昔のクラスメイトはどうしてるんだろう？　まだ一度も会ったことがないけど、コンビニなら会う可能性は結構あるんじゃないか？　もし会ったらどうしよう？　働いてることにしようか？　少なくともひきこもりだとばれたくはない。いや、みんなはきっと知ってるはずだ。

そう思うと急に怖くなった。僕はカップアイスを一つ手に取り、レジに向かう。

ドキドキしながら伏し目がちにアイスをレジに置いた。

心臓の鼓動が速くなり、背中に汗が流れる。でも買わないとなんだあいつはと思われたら怖いし、新商品らしいアイスも食べてみたかった。

するとと無愛想な店員は黙って機械でバーコードを読みとると値段を言った。

「138円になります。スプーンはどうしますか?」

え? スプーン?

予想外の質問に僕の頭は真っ白になる。お金を渡してそれで終わりだと思っていた。どうなんだろう? 外で食べるならいるし、家でならいらない。でもやっぱり今食べたかった。

僕は俯《うつむ》いたまま口をもごもごさせながら、ぎこちなく頷《うなず》いた。

「……は、はぃ……」

おそらくほとんど声は出てなかったと思う。店員は不思議そうな顔をしていた。

「じゃあ入れときますね」

そう言ってから店員は僕を待っていた。なんだろうと思うと店員は言った。

「あの……、138円です」

こいつ大丈夫か? という心の声が漏《も》れ出そうな表情だった。

僕は顔を真っ赤にさせてお金を払ってないことを思い出した。すぐに財布を取り出して開くと、慌てたせいで小銭が二枚レジに散らばった。

「あ、すいません…………」

情けないことに謝る時は声が出た。店員は苦笑しながら小銭を拾ってくれた。

「ちょうど150円あるね。これでいい？」

「あ、はい……」

「はい。じゃあ12円のお返しです。ありがとうございましたー」

店員はだるそうに言うと、時計をちらりと見てからまた奥に消えていった。

僕はアイスの入ったビニール袋を手にコンビニの外に出ていた。

恥ずかしい。死ぬほど恥ずかしかった。きっと裏で馬鹿にされてるはずだ。このコンビニにはもう来られない。町外れのここを選んで正解だった。

嬉しいことにまだこの町にはたくさんコンビニがある。僕がひきこもっている間に七軒も増えてたらしい。なんでそんなに必要なのかは知らないけど今は感謝したくなった。

僕は恥ずかしさで熱くなった体を冷やすべく、新商品のラムレーズンアイスを歩きながら食べた。味は思ったよりふつうだったけど、妙な達成感もあって満足だ。

次はもうちょっとスムーズに話せるようにしよう。そしたらネットでの支払いもコンビニで済ませられるようになるはずだ。

アイスを一口食べて、さっきのことを思い出すとまた恥ずかしくなって目を瞑《つむ》った。

外に出るのは大変だ。

九月になった。自分からお小遣いが欲しいとは言いづらいので待っていると、夕飯後に父さんが一枚のカードをテーブルに置いた。

表面に数字が書いてある。いや、浮き出ている。見慣れないものに僕は首を傾《かし》げた。

「これは銀行のカードだ。コンビニのATMでも使える。コンビニに行ったたって聞いたから用意したんだよ。ここに二万円振り込んであるから使ってみたらいい」

そう言って父さんはパスワードを書いた紙と一緒にカードを渡した。

毎月銀行に振り込まれるなんてなんだか給料みたいだ。そういえば銀行に置いておけば利子が付くって話だし、使う分だけ取り出せばいいか。

だけど僕はATMを使ったことがない。大丈夫かなと思ってネットで調べると案外簡単そうだった。同時に利子があまりにも低いことを知ってガッカリした。

これならできるかな？　それになんだかATMを使うのは大人っぽい。

僕は少しずつ大人になっているような気がしていた。逆を言えば普通の大人が知っていることをなにも知らなかったんだ。電車やバスにだってほとんど乗ったことがない。

僕はやったことないリストを作ってみた。だけどあまり埋まらない。

そもそも僕の知らないことばかりで思いつかなかった。きっと世間の人は大人になる過程でこういうことを自然に覚えていくんだろう。

高校に行くためにバスや電車に乗り、大学ではバイトして銀行口座が必要になる。大人になれば一人暮らしで色々な契約を結ばないといけないはずだ。大きな買い物はクレジットカードでしたり、ローンを組むんだろう。自炊《じすい》や掃除、洗濯も全部しないといけない。

今の僕を見てみると家事はクリスがやってくれてるし、食事は母さんが作ってくれる。父さんは契約したり口座を作ってくれた。

僕はなにもしていない。でも、できないわけじゃないんだと最近思ってきた。案外やればなんとかなる。そりゃあ恥ずかしいことや分からないこともある。人と話さないといけないこともだ。でも外に出て、コンビニなんかにも行くと分かってきた。

世界は思ったより僕に興味がないんだ。普通に考えれば分かるけど、僕だってそこらの通行人がひきこもりだとかニートだとか思ったりはしない。そうかなと思ってもすぐ忘れるものだ。コンビニの店員だって機械的に話すだけで、もうパターンは分かってきた。

ひきこもっていた時、外は敵だと思っていた。怖い敵がたくさんいて、僕を見張っている。彼らはいつも僕を貶《おとし》めようと狙っているんだと本気で思っていた。

今でもたまに思う。だけど、そんなことをしてもなんの得にもならない。

そもそもひきこもりを見張っても面白くもなんともないはずだ。

外の世界に敵はいなかった。けど、味方もまたいなかった。

誰かが助けてくれるわけじゃないし、アニメや漫画みたいな出会いがあるわけでもない。

意外とみんな自分のことしか考えてなくて、他人を気にしない。

外に出るとだんだんそれが分かってきて、気が楽になった。

それと同時に寂しくもなった。やっぱり僕の居場所は外にはないんだ。

〇

九月末。クリスは影山夫妻と車に乗り、近くの公園まで来ていた。

この頃になると両親もクリスも随分明るくなっていた。

「俊治さんはすごいです。もう外に出てるんですから。それにお買い物もされているそうですし、ここまで来ればひきこもりからの脱出はかなり見えてきました」

それに父親は「え?」と声を漏らした。

「もう外に出てるし、買い物もしてる。ひきこもりじゃないとも言えるんじゃないか?」

「そういう考え方もできるでしょうが、わたしはまだ道半ばだと思っています」

「ならアルバイトをしたらゴールになるのかな？　残念ながらそれはまだ無理そうだけど」

「いえ。わたしはたとえアルバイトをしたとしても、正社員として働いたとしてもゴールだとは思ってません」

その言葉に影山夫妻は驚いた。母親が怪訝《けげん》そうに尋ねる。

「それは……どういう意味かしら？」

クリスはニコリと笑って説明した。

「そもそも、どうして人はひきこもるのでしょう？　それは社会に居場所がないせいです。この問題はひきこもりの方に限らず多くの人が感じていることでもあります。外に居場所がない。だから内にこもる。もちろん社会に出て関係を築ける方も大勢います。しかしひきこもりの方はそういうことが苦手な人が圧倒的に多いのです。人間関係の構築が苦手なまま形だけでも社会に出てしまうと、いずれうまくいかなくなり、再びひきこもる可能性が高くなります。ひきこもったり働いたりを繰り返す人がいるのはこのせいなのです」

息子が外に出て半ば浮かれていた影山夫妻の顔が曇《くも》る。

二人共息子が働けばそれで全てが解決すると思っていたからだ。実際、社会的には職に就《つ》けばひきこもりでもニートでもなくなる。

だがそういった名称の変化だけでは再発するとクリスは指摘した。

「問題は根本から直さなければ意味がありません。人と交流し、信頼関係を築く。これがゴールだとわたしは思っています。そしてそれはアルバイトをしたり、学校へ行ったり、正社員になったからといって辿《たど》り着ける場所ではありません」

「つまり、友人を作れと君は言ってるんだね？」

「はい。友人かまたは大事な人に会う為、外に出ようと思えることが理想です」

父親の問いにクリスは頷いた。父親は考え込んだ。

「だ、だが、大人になってから友人を作るのは簡単じゃない。仕事先で気の合う仲間に会えることだって珍しいぐらいだ。友人というと大抵学生時代に作るものじゃないか？」

それに母親が首を傾げた。

「あらそう？　わたしは大人になってからもたくさん友達ができたわよ。この前だって職場の人と一緒にコンサートに行ったし」

「はい。傾向的には男性は付き合いの長さを重視し、女性は場面場面での関係を重視することが多いそうです。まあ、結局は性格ということになるんでしょうが。どちらにせよ、人と会わなければ人間関係は築けません。それも互いに話し合う状態でなければ難しいでしょう。そこで俊治さんには教会に来てほしいと思っています」

日本人としてはあまり馴染《なじ》みのない単語に父親は少し戸惑った。

「教会？　キリスト教徒になれということか？　しかしそれは……」

「いえ。改宗しろと言っているのではないのでそこはご心配なく。わたし共の教会には隣接する施設で定期的に話し合いの場を設けているのです。そこでお菓子を作ったり歌を歌ったりしながらコミュニケーションを取ります。ここで出会って友人同士になった方もたくさんいますし、付き合っている人もいます。病院でいうデイケアのような場所ですね」

「……だが、俊治が行くかな？」

「別に他のどこでもいいんです。英会話でもジムでもゲームセンターでも。とにかく通って友人を作る。それがひきこもりから脱する一番の近道だとわたしは思っています。社会に出れば否定されることは避けられません。仕事に失敗したり、自分の意見が通らなかったり、理不尽なことをやれと言われたり。そんなことはどんな職場にも学校にも必ずあります。その時に家以外で自分を認めてくれる場所があれば、人は随分《ずいぶん》楽になれるのです。もちろん家で安心できるというのが前提ですが」

「君の言うことはもっともだが、うーん……。わたし自身、あまり友人がたくさんいるタイプじゃないんで難しそうに聞こえるな」

「最後は俊治さん自身の力に頼らざるを得ません。お友達はお金では買えないのですから。

なのでわたしも俊治さんの友人ではなく、なるべくお手伝いとして接しています。でないと俊治さんがお金を払えば人間関係が買えると勘違いしてしまう恐れがありますので。こういったことには背中を押すタイミングが重要です。きっと誰にでも分かるようにシグナルを出すはずなので、それを見逃さないようにしましょう」

父親は頭では理解しているが、心配になっていた。自分でさえいきなり友達を作れと言われたら困惑してしまう。特に社会人を長く経験するとどうしても人間関係＝利害関係みたいになってしまいがちだ。父親が最近作った友人といえば、数年前にゴルフで意気投合して、たまにホールを一緒に回りに行く人が一人いるくらいだった。

一方で母親はどうして父親がそんなに心配するのかよく分かってなかった。

「要はお料理教室とかに行けばいいんでしょう？　それならわたしが誘おうかしら。行きたいところがたくさんあるわ」

「もちろん誘ってもらうのも大事ですが、できれば俊治さんが決められた方がいいですね。人は自分で納得して決めるとやる気が出ますから。ですがやはりいきなりは大変なので、わたしのいる教会ならと思ったのです。誘ってもよろしいですか？」

父親は母親と顔を見合わせ、頷《うなず》いた。

「そういうことならいいんじゃないか。君なら俊治も信頼しているだろうし。それにしても教会か……。別に偏見はないんだが、私としても未知の場所だからな」

「それならあなたも行ってみたら？」

　母親が笑いかける。

「私もか？　うーん……。たしかに俊治だけに頑張らせるのもなあ……」

　父親は腕を組んで悩んでいた。

　二人を見てクリスは嬉しく思っていた。最初に出会った時と比べれば影山夫妻は随分仲良くなっていた。会話も増え、笑顔も増えている。

　二人共常に息子のことを考えるようになり、話し合っている。そのおかげで息子は家で安心できるようになっていた。

　当然だが夫婦関係がギクシャクしていては、子供への影響としてはよくはない。

　子供が最も身近に感じる人間関係が家族だ。それが破綻《はたん》していてはそこから学べない子供は困ってしまう。言葉には出さないが、クリスはなるべく二人で息子のことを話し合うように仕向けていた。それぞれの携帯に送る情報も微妙に差をつけている。こうすれば互いに確認し合う習慣が生まれるからだ。

　クリスは喜びながらも、自分の役割が終わりに近いと考えていた。来月でクリスが影山家に来て半年になる。俊治は知らないが、契約期間は一年となっていた。

あと半年。その半年は先の半年よりも早く感じることをクリスは研修をして知っていた。

風に揺れる髪を手で押さえながら、クリスは寂しさを滲《にじ》ませた微笑《ほほえ》みで空を見上げた。

○

僕はベッドに寝転んでコンビニからこっそりと持ち帰った無料の求人誌を眺めていた。

こうやって見ると仕事はたくさんある。学歴不問ってのも割と多い。

誰にでもできます！　自分らしさが出せます！　アットホームな職場です！

どの文言も疑わしい。この中で僕にできる仕事なんてあるんだろうか？

でも深夜のコンビニは大抵暇そうにしていた。一回、どんなことをしているんだろうと見張ったことがあったけど、掃除や納品くらいしかやってなかった。あれくらいなら僕でもできそうだ。

あれで時給千三百円。求人を見てると僕の地区は九百円から千円くらいが多い。そうなるとあの人達はアルバイト界の高給取りになる。どうもそれに見合った仕事をしてるとは思えないけど、裏で色々大変なんだろうか？　それもよく分からない。

求人誌でよく見る労働内容はコンビニでの品出しにホールスタッフ。厨房《ちゅうぼう》での皿洗いにデータ入力。ピッキングってのは簡単らしいけど、どんな感じなんだろうか？

トラックでのルート配送なんかもあるけど、僕は運転免許を持ってないからできない。

こうやって見ると運転免許くらいは持っていた方がいいかもしれない。でも調べたら高かった。三十万くらいはするらしい。

コールセンターやホールスタッフは話すのが苦手な僕にはできないし、ファミレスもそうだ。そうなると皿洗いとかピッキングってのになるのかな。

僕はこの時初めて話せることが一つのスキルなんだと気付いた。話せるかそうでないかだけでやれる仕事が限られるなんて考えもしなかった。

なんにせよ仕事の指示を受けたり質問したりするには話せないといけない。

話す。みんなにとっては簡単で、僕にとっては最難関だ。

両親やクリスとは話せるようになってきたけど、それ以外の他人とはまだ苦手だった。

コンビニでの会話だってできるはできるけどおぼつかない。

でもいきなり話しかけるなんて無理だし、嫌われたり気持ち悪がられたりするのは怖い。

かといって話すことができないと働けない。

とりあえず昼に外に出てみるべきだろうか？　夜はただでさえ人がいない。人がたくさんいる場所は怖いけど、少しずつでも慣れていけばなんとかなるかもしれない。

まずは人に慣れてから、次にお店とかで少し話してみる。

そうだ。夜に外に出られるんだから昼だってなんとかなるはずだ。それができれば買い物にも行けるようになるかもしれない。

僕は密かな決意をして、求人誌を机の上に投げた。


次の日。僕の部屋を掃除に来たクリスが求人誌を見て、あっと小さな声を出した。

そこで僕は求人誌を出しっぱなしにしていたことに気づき、慌てて引き出しに隠した。

それを見てクリスは優しく微笑んだ。

「別に隠さなくてもいいですよ。素敵なことじゃないですか。なにか良いお仕事はありましたか？」

「いや、こ、これは一応見てみただけだから……」

「そうですか。あの、今度わたし達の教会でちょっとした集《つど》いがあるんですが、よければ来てみませんか？　集まって紅茶を飲んだりクッキーを食べたりするんです」

「で、でも……。他にも人がいるなら…………」

「大丈夫ですよ。お話ししないで黙っている人もいますし、それを気にする人もいません。心を病まれた方やひきこもりの方も珍しくないです。ただお茶を飲みに行くと思っていただければいいんです。もちろんわたしも行きますし」

クリスは柔和《にゅうわ》な笑みを浮かべた。

そんなところがあるなんて知らなかった。本当に紅茶を飲むだけなら行ってみてもいいかもしれない。ちょっと様子を見て、怖かったら次は行かなければいいし。

それに話すことができれば、アルバイトをする時に役立つ可能性だってある。

クリスの知り合いならそう悪い人もいないはずだ。

「……まあ、一応考えておくよ……」

「そうですか？　いつでも言って下さいね。またお誘いしますから」

クリスは嬉しそうにはにかんだ。

一回行ってみてもいいかもしれない。でもいきなり人がたくさんいるところは怖いから、まず昼間の町に出てからだ。そうしたら少しは緊張しなくなるかもしれないし、ちょっとは話せるようになるだろう。今までだって色々できるようになったんだ。

少しずつでも前に進めば、その内ひきこもりから抜け出す道が見えるはず。

だから、あとちょっとだけ頑張ってみようと思った。

クリスが来ない日。僕はネットで買った野球帽を被《かぶ》り、ポロシャツにジーンズ姿で外に出た。太陽が真上にある。

最近涼しくなってきたとはいっても、歩くとすぐに汗が出た。子供の頃の九月はこんなに暑かったかなと思いながら僕は道を歩いた。

やっぱり昼は人が多い。僕は人とすれ違うたびに目線を合わせないよう下を向いた。そんな変な格好はしてないはずだ。クリスだって似合っていると言ってくれた。

少し歩くと昼間は子供や年寄りばかりだと気付いた。ベビーカーを押す母親に手押し車を押す腰の曲がったお婆《ばあ》さん。どちらもなにかを押していた。

たまに若者もいる。どこかへ行くんだろうか。高校生くらいの子がバス停の方へと歩いていった。イヤホンをしながらスマホをいじっているので、僕に気付いたかさえ怪《あや》しい。

反対に子供は僕をじろじろと見てきた。手を引く母親がまっすぐ歩いてと注意している。

僕より若そうな母親も多かった。子供が動き回るので大変そうだ。

そこで二十五歳という年齢は結婚していてもおかしくないと気付いた。

焦りにも似た悲しさを感じる。僕なんて結婚どころか女の子とまともに話したことさえない。クリスがいるけど、あの子が優しすぎることくらいは知っている。

普通の女の子は意外ときつくて、嫌な時は表情にはっきり出る。陰口を言うくせに、みんなの前では良い子を演じたりして、それを卑怯《ひきょう》だとすら思ってない。正直、理解不能だ。

僕の悪口を言ってた子だって、特に話したこともなかったし、たしか先生からの評価は高かったはずだ。いつもは真面目《まじめ》だと思えても、集まれば評論会が始まる。自分を棚《たな》に上げてアイドルにでもなったみたいに他人の容姿に点数を付けだすんだ。

そのくせ自分はいつも被害者みたいな顔でいる。ある意味才能だとは思う。今の僕に必要なのは、そういう卑《いや》しい気持ちなのかもしれない。

でもああはなりたくなかった。クリスにもなってほしくない。

それにしても昼の住宅街をゆっくり歩いていると思う。きっとみんな、どこか遠くへ行ってしまったんだ。この近くには大学がないし、進学を機に一人暮らしを始める人も多いだろう。就職だって東京や他県に出ないと厳しいのかもしれない。

僕にはよく分からないけど、上京って言葉があるくらいだ。地方には職がないんだろう。ここはそれほど田舎《いなか》じゃないけど、ある程度の都会に出るまで電車とバスで三十分以上はかかる。大都会で就職したなら通うことは無理だろう。若者はどんどん減ってるはずだ。

そうやって残ったのが子供と母親と老人と、そして僕だった。

僕もいずれ働き出したらこの町を出るんだろうか？　でも父さんは車で仕事に行っている。なら免許があればなんとかなるのかな？　でも車は高いし、じゃあバイク？　原付くらいならそう高くないはずだ。

あとで調べてみようと思いながら歩いていると、大きな公園に差し掛かった。

右手に広がる公園は懐《なつ》かしかった。グラウンドがあって、たくさんの遊具が置いてある。ブランコにジャングルジム。滑り台に砂場。名前を知らない大きな丸くて回るやつ。シーソーにバネのついた動物。みんなあの頃のままだった。

子供の頃は僕も遊具で遊んでいたんだ。あの頃は友達だっていた。みんなで鬼ごっこをしたり、かくれんぼもした。カードゲームの対戦も白熱した記憶がある。

あの時はなにも考えてなかった気もするし、子供なりに考えていた気もする。よく覚えてないけど、楽しかったのだけは覚えていた。今でも子連れの母親が子供達を遊ばせていた。母親同士で笑いながら話し合い、子供は砂場で城を作っている。

こういうところは昔も今もたいして変わらないみたいだ。

小さな女の子が茂みをじっと見ていたり、男の子が奇声を発して走り回ったりと賑《にぎ》やかだ。一体なにが楽しいかは知らないけど、楽しそうならそれでよかった。

もう少し眺めていたかったけど最近は誘拐《ゆうかい》とかも聞くし、僕みたいな奴にうろうろされたら迷惑だろうと感じて視線を逸《そ》らした。警察に通報されたりしたら最悪だ。

だから僕は公園の中には入らず、周りを少し歩くだけにした。

このままもう少し歩いて、その先のコンビニでアイスを買って帰ろう。昼間のコンビニは人がいるだろうけど、今なら大丈夫な気がする。

でも一応スプーンがなくても食べられるアイスバーにしよう。

そう思って前を向くと、そこには子供連れの若い母親がいた。

やばい。目が合った。通報されて前科がつく。僕は隠れるように視線を落として帽子のつばを深く被《かぶ》った。

すれ違う時、僕を見上げる小さな男の子とはっきり視線がぶつかった。

綺麗《きれい》な目で僕を見上げ、不思議そうな顔で頭ごと動かしている。

僕は冷や汗をかきながら、もう家に帰ろうかと考え出していた。

アイスなら家にもあるし、今コンビニに入れば汗をかいてるからにおうかもしれない。

それになんだかいやな予感がした。

そしてそれはすぐに現実となって背後からやってきた。

「あれ？　影山君？」

「……え？」

名前を呼ばれ、僕は半ば反射的に振り向いた。

そこにはさっきすれ違った若い母親がいる。彼女は自分から話しかけてきたというのに、特に興味もなさそうに言った。

「あ、やっぱりそうだ」

この声。その顔を見て僕ははっとした。

「……………佐藤《さとう》さん？」

そこにいたのは、あの日僕の悪口を言っていた同級生だった。

四話

十月。僕はまた部屋から出られずにいた。
あの日からほとんど誰とも喋《しゃべ》っていないし、リビングにも行っていない。
ほとんどの時間をベッドの上で過ごしている。パソコンさえやる気がしない。起きると
あの日の事が思い出されて、だるくなって眠る。ひたすらこれを繰り返していた。
ドアの外で足音がしてから父さんが話しかけてきた。
「……俊治《しゅんじ》。ご飯、どうする？　下で食べるか？　それとも持ってこようか？」
僕はしばらく考えてから、「下に置いといて」とだけ言った。
「わ、分かった……。今日はカレイの煮付けだからな」
父さんは明らかに困惑したまま下に降りていった。
そりゃあそうだろう。外に出ていた息子がいきなりひきこもりに戻ったんだから。
そう。外だ。外なんかに出るからこんな目に遭《あ》うんだ。だからずっと部屋の中で閉じこ

もっていた方がいい。少なくともここは安全だ。これからもずっとネットだけして生きていけばいいじゃないか。そうすれば誰にも傷付けられない。疲れなくても済むし、嫌な気分になることもない。

僕は呆《ほう》けながら天井を見上げた。もう一週間以上が過ぎているのに、あの日のことはまだ鮮明に思い出せた。脳裏《のうり》にこびり付いて忘れたくても忘れられず、身悶《みもだ》えする。あの日の記憶とともに十年前の記憶も蘇《よみがえ》り、僕を苦しめた。

声がする。笑い声だ。無邪気で、恐ろしいほどの鋭さを持っている。

『影山《かげやま》くんって、なんかきもいよね』

この言葉だけは僕の耳から一度も離れたことはなかった。

僕が悪いんだ。そう思ってふさぎ込んだ。他人が信用できなくなり、息が苦しくなる。声が怖かった。人の目もそうだ。全てが僕を憎んでいる。蔑《さげす》んでいる。あざ笑っている。

当時の僕は本当にそう思っていたんだ。そして、それは今もそうだ。

体がだるい。心が重い。なにも考えたくなくなる。なのに、また同じことを考えている。目を開ければ宙に思い描き、目を閉じれば瞼《まぶた》の裏に悪夢を見る。思考はループして、考える為に考えている。苦しんだ方が正しいみたいな変な我慢比べが始まる。

だけどそれに意味も答えもないのを僕は知っていた。どこにも逃げ場はなかった。この部屋でさえ安全じゃない。じゃあどうすればいいのかっていうと、それもよく分からない。

いや分かっていたけど目を背けていた。僕はいつもそうだ。

きっと戦わなきゃいけないんだろう。この恐怖と向き合わなきゃいけないんだろう。

でもそんな怖いこと、僕にはできない。負けたらどうなるかを知っているからだ。一度精神がボロボロに崩れると、戻るのにどれだけ時間がかかるか。僕はそれを誰よりもよく知っていた。

しばらくぼーっとして窓の外を見つめた。暗闇はいつもの色でそこにある。

気付くと僕はまた眠っていた。傷ついた心を癒《い》やすように夢の中へと飛び込んだ。

○

影山夫妻は息子の異変が長期化するのを恐れ、シスターを家に招いた。

現状を聞くと、シスターはライターをいじりながらう～んと唸《うな》って天井を見た。

「となると、お二人には心当たりはないということですね?」

「……はい」

「ええ……」

両親が頷《うなず》くと、シスターは次にクリスを見た。クリスは悲しそうに俯《うつむ》いた。

「……わたしも、分かりません……。ですが、なにか気に障《さわ》ったことをしてしまったのかもしれません。そう言えば、求人誌を持っておられたので、外に興味が出てきたと思って教会にお誘いしたのですが、あれが悪かったのかも……」

それを聞いてシスターはライターの蓋《ふた》を開けて火だけ付け、すぐに消した。

「たしかに、少し急ぎすぎたかもしれないな」

「……申し訳ありません」

クリスが苦渋《くじゅう》の表情で深々と頭を下げるのを見て、父親は首を横に振った。

「いや、君はよくやっているよ。私なんかよりよっぽど俊治の役に立っている。きっと、外でなにかあったんだ。そうとしか考えられない」

「そうね。クリスちゃんは気にしなくていいわよ」

影山夫妻に励《はげ》まされると、それが逆にクリスを苦しめた。クリスの笑顔に生彩が欠けているのを見つけると、影山夫妻まで悲しくなる。

一方でシスターはあまり動じてなかった。影山俊治は彼女にとって数ある案件の一つにすぎないのもあったが、なによりこれはよくあることでもあった。ひきこもりが簡単に家から出るならこの仕事は成り立たない。

「そうですね。落ち込んでもなんにもなりません。今できることをやりましょう。それは今まで通り声をかけ、反応があれば会話を続け、安心させることです」

淡々としたシスターに父親は不安げに尋ねた。

「……だが、どうしてこうなったかを知る必要があるんじゃないか？」

「ありません。はっきり言いますが、自分の問題は自分が解決する以外に道がない。仮に息子さんが殴《なぐ》られたとしましょう。殴った相手をお父さんが殴りに行って、息子さんの気持ちは晴れますか？　むしろ情けなさを感じるんじゃないでしょうか？」

「それはそうかもしれないが……」

「わたしが言いたいのは代わりになにかをしても意味がないということです。協力するなとは言っていません。けど協力するには本人に動いてもらわなければいけません。だからこそ声をかけ続けてあげる必要があるのです。ここでお二人が折れたら間違いなく息子さんは外に出られません。敵を見つけるより味方になってあげる。今必要なのはそちらです」

それからシスターは落ち込むクリスに厳しく言った。

「新人には荷が重かった？　担当であるあなたがその調子なら助かるものも助からない。無理なら外すけど？」

すぐに答えないクリスにシスターは目を見開いて詰め寄った。

「おい。ひと一人の人生がかかってんだ。答えられないなら今すぐ辞めろ」

シスターの迫力に圧倒され、影山夫妻は口をつぐんだ。

クリスは悔《くや》しそうに顔をあげ、涙を浮かべつつシスターの目をキッと見つめた。

そして強い意志を秘めた瞳で告げた。

「やります」

「よし。なら最後まで責任持ってやれ。クライアントを不安にさせるな」

シスターはニカッと笑ってクリスの背中をばしっと叩いた。そしてその笑顔を柔らかくして影山夫妻に向けた。

「お聞きの通りです。あなた方の息子さんはこのクリスが責任を持って更生させます。ですからあまり心配しないで下さい。やれることをコツコツやる。なにごとも大事なのはこれしかありません。ひきこもりを支えるのは近道のないマラソンと同じです。家族はペースメーカーで給水係なのです。ですのでご両親もバテないようにして下さい。お二人が倒れてしまっては、息子さんは行き場を失います」

影山夫妻は確かにと納得した。二人共若くはない。肉体的にも精神的にも余力はなくなってきている。無理をして共倒れ。それは思い描く中で最悪なルートだった。

「……分かりました」

父親が承諾《しょうだく》すると、母親も頷いた。するとシスターは笑ったままライターの蓋を触った。

「外に出る。これだけ目に見えた成果が出た。それがいきなり露と消えたら焦る気持ちは理解できます。しかしまだ我々が関与してから半年しか経ってません。息子さんのひきこもっていた時間の二十分の一です。それを冷静に見つめ、将来を長い目で思い描いて下さい。一度落ち着くこと。お二人も息子さんも、そしてクリスにもそれが必要みたいですね」

シスターはポケットから無意識的に煙草《たばこ》を取り出して言った。

「息子さんを信じて声をかけること。今の我々にできることはそれだけです」

シスターはニコリと笑って煙草に火を付け、そこでようやく自分がしていることに気付いた。火の付いた煙草を見つめると、口惜《くちお》しそうに置いてあった灰皿に押し消す。

シスターが苦笑して肩をすくめると、影山夫妻とクリスは小さく笑った。

彼女もまたなんとか禁煙を続けることができたようだ。

○

ひきこもって十日が経った今日、僕はクリスを部屋に入れた。

「失礼します」

クリスはいつも通りの微笑で入室して掃除を始めた。

父さんも母さんも僕を心配して声をかけてくれたおかげか、この頃になると一日中暗い気持ちで過ごすということもなくなっていた。

それでもつらいものはつらい。外のことを考えると億劫《おっくう》になる。

僕はずっと黙って窓の外を見ていた。大きくて暗い雲が流れていく。

きっとあっちにも別の町があって、別のひきこもりがいるんだろう。

現在、日本でひきこもりは五十四万人いるらしい。しかもこれは三十九歳までだそうだ。四十歳以上も含めたら百万人くらい？　なら、多分この町にもいるんだろう。

もしかしたら隣の家にもいるかもしれない。昼間歩いている時にふと目につくカーテンが閉まった部屋にも彼らは潜《ひそ》んでいるんだろう。ひっそりと、音も立てず、誰にも知られず生きている。みんなもこんな気持ちでいるんだろうか？

悲しくて、寂しくて、虚《むな》しくて、情けなくて、悔しくて、でもなにもできず、しようともせず、時間が過ぎることに身を任せる。そのくせ歳を取ることをなによりも恐れている。現実から目を逸《そ》らし続けて、でもふとした時に見せられる。

それが怖くてまた逃げる。逃げて、逃げて、逃げ続ける人生だ。

その先にはなにもないことを知っていながら僕らは逃げる。だけど、逃げるのもまた疲れることを僕は知っていた。僕はもう逃げたくなかった。

その実、誰も僕を追いかけていないのだから。

あの時、佐藤《さとう》さんは僕を見て、なにもなかったような顔をした。

「やっぱり影山君だ。どうしたの？　散歩？」

僕は呆然《ぼうぜん》としていた。　あの佐藤さんが大人になっている。それどころか子供までいた。

メイクはしているけど顔はどこか疲れていて、茶色に染めた髪の毛は痛んでいた。あの頃の可愛《かわい》い面影《おもかげ》は残っているものの、もはやおばちゃんに片足を突っ込んでいる。

なにより佐藤さんは平然と僕に話しかけている。

なんで？　僕のことが嫌いなんじゃないんだろうか？

僕が呆けていると佐藤さんは苦笑した。

「えっと……、中学以来だよね？　あれから高校は行ったの？　ていうか、どうして中学来なくなったの？　みんな心配してたよ」

どうして？　心配してた？　佐藤さんは一体なにを言ってるんだ？

開いた口が塞《ふさ》がらなかった。顔をあげると佐藤さんが不思議がっている。

その表情が冗談じゃないことを物語ると、僕はますます混乱した。

これはなんだ？　からかってるのか？　まさか他にも昔のクラスメイトがいるとか？

そう思って辺りを見回してみるけど、人影はなかった。いや、どこかに隠れているのかもしれない。そうだ。僕が外に出ていることを知って、馬鹿にするつもりなんだ。

違うと分かっていても、僕の頭にはそんな考えばかりが巡った。

いきなりのことで心の準備ができず、それが混乱に拍車を掛けていた。

気付くと僕は引きつった笑いを浮かべ、走り出していた。


そして今、その笑みを僕は部屋でも浮かべている。

あれからずっと考えて、ようやく分かった。

佐藤さんはなにも覚えてない。それどころか自分が原因で僕がひきこもったことすら気付いていない。いや、気付いていても気にはしないだろう。なぜならどうでもいいから。

僕は大きな溜息をついた。もしそうなら、僕の十年間はなんだったんだ？

決まってる。ただの無駄だ。僕は時間をどぶに捨て続けたんだ。それがショックで僕はまたひきこもっているんだから笑えてくる。

結局、僕はこうやって死んでいくしかないんだろうか？　日本にいる百万人のひきこもり達と一緒に？　正直、そんなの嫌だ。じゃあどうすればいいんだろう？

こんな無駄に歳だけ取った男を、今さら世界が受け入れてくれるわけがない。

気付いた時にはなにもかもが遅かった。いや、ずっと気付いていた。でも目を瞑《つむ》っていたんだ。僕はそればかりだ。情けなくて、ただただ死にたくなる。

こんなことを僕はずっと考えている。それこそ十年間、何度も考えている。やめようと思っても癖《くせ》になってできなかった。

ふいに視線を感じて顔をあげると、そこにはクリスが立っていた。

馬鹿馬鹿しいことに僕は考えにふけるのに必死でクリスの存在を忘れていたらしい。

クリスは僕の目をじっと見た。あまりにも綺麗《きれい》な瞳に僕は釘付《くぎづ》けになる。

気付けばクリスは僕の隣に座り、手を取って言った。

「俊治さん。なにがあってもわたしは俊治さんの味方です。だから、そんな……世界中が敵みたいな顔しないでください……」

気付くと、クリスは微笑《ほほえ》みながら目から涙をこぼしていた。

その泣き顔が今までみた全ての景色より美しくて、僕は視線を逸らすことができないでいた。まっすぐ見つめ合うと、ずっと考えていた一つの疑問が胸の奥底から浮かんでくる。

どうしてこの子はこんなにも僕のことを思ってくれるんだろう?

本当は僕のことが気持ち悪いはずだ。ヒキニートと軽蔑《けいべつ》しているはずだ。

なのに、クリスは僕のそばにいて、手を握って泣いてくれる。

こんなの普通じゃない。もし誰かがこれをやらせているなら、こんなことは間違っている。この子にはもっと素敵で、相応《ふさわ》しい人生があるはずなんだ。

クリスの時間は僕なんかに構って浪費してはいけない貴重なものなんだから。

悲しいけど、それは紛《まぎ》れもない事実だった。人に価値があるとすれば僕とクリスでは全《まった》く違う。僕の値札には値段すら書いていない。ゼロどころかマイナスの不良債権《さいけん》だ。

若くて綺麗なクリスの時間は可能性に満ちていて、眩《まぶ》しいくらいキラキラと光っている。

だから僕は突き放すように尋ねた。

「…………どうして、僕なんかのために泣くんだ……。哀《あわ》れみならやめてくれ。僕は、まともな人間じゃない。父さんに頼まれたなら僕から断っておくから、早く帰るんだ」

「ち、違います。わたしはただ……」

クリスは悲しそうに顔を歪ませた。それを見て僕も悲しくなる。

だけど、この子の為にも言わないといけなかった。

「正直迷惑なんだよ！　どうせ君も陰では僕のことを笑ってるんだろ？　それともお金？

なら心配しないでいい。父さんには払うように言っておくから。だからもう帰ってくれ！　僕の目の前から……消えてくれ……」

　最悪の気分だ。思ってもいないことを言うのがこんなにつらいなんて。

　でも今言わないと、この子には未来がある。僕と違って未来があるんだ。

　膝を水滴が打った。それは僕の涙だった。情けない。僕はクリスの前で泣いている。止めたかった。でも止め方が分からない。

「僕はなんの価値もない。だって僕はひきこもりだから！　そうさ。ひきこもりで中卒でオタクでニートだ。こんな人間生きている価値さえない。それは君だって知ってるだろ？」

「俊治さん……」

　僕は泣き叫び、クリスはそれを泣きながら聞いていた。

「ああそうだよ！　僕はダメ人間だ！　クズで死んだ方がマシなんだ！　そんなことは僕が一番よく知ってる。でも、怖いんだよ！　外も、人も、声も、視線も、なにもかもがだ！　この気持ちが君に分かるのか？　分かるはずがない！　いや、誰にだって僕の気持ちは、僕の苦しみは分かりはしないさ！　悩んで、悩んで、悩んで、死ぬほど悩んで、だけど世界は僕を救い出してはくれない。なんでだと思う？　必要ないからだ！」

僕はこの十年間思っていたことをなんの罪もないクリスにぶつけていく。

「僕はなにもできない！　自分のことすらだ。全部誰かにやらせてる。なのに偉そうにして……。本当は分かってる。やらなきゃいけないんだ！　僕は自分の足で立たなきゃいけないんだよ！　だけどどうやって？　やり方を教えてくれよ！　学校にも行ってない。社会にも出てない。友達もいない。教えてくれる人もいなければ、思ってくれる人もいない。それは僕が必要がないからだ。この世界で僕を必要としてくれる場所なんてどこにもないんだ。みんなひきこもりなんてとっとと死ねば良いと思ってる。ああそうだ。その通りだよ！　ひきこもりなんてなんの役にも立たない。死んだ方がマシだ。いても周りを不幸にするだけ。周りからは疎《うと》まれ、親は僕を恥ずかしがってる。知らないとでも思ってるのか？　本当はみんな僕とは関わりたくないんだろ？　なのに偽善者ぶって助けようとする。お前らは全部自分の為にやってるんだろ？　周りからひきこもりの家族だと思われたくないから助けるふりをしてるんだろ？　それか君みたいに食いものにするんだ。知ってるよ。これもビジネスだ。ひきこもりを外へ出せば金が貰《もら》える。親は穀潰《ごくつぶ》しを追い出せてハッピーだ。じゃあ僕は？　野垂《のた》れ死ねっていうのか？　ほらやっぱり誰も僕を気にしてない。みんな自分のことばかりじゃないか。他人なんて興味がないんだろ？　それなら利用するために興味があるふりするのはやめろよ。オタクは気持ち悪い。ニートは社会のクズ。ひきこもりは存在が悪。学歴がなければ人扱いしない。なにも知らないくせにレッテルばっかり貼りやがって！　お前らこそよっぽどクソじゃないか！　なのに善人ぶりやがって、ふざけるなよ！　お前らは誰かを評価できるほど偉いのかよ⁉　本当は違うだろ？　自分のことを棚《たな》に上げて、弱い僕ばっかりいじめて優越感に浸ってる。傷付けるだけ傷付けておいて次に会ったら忘れてる？　いい加減にしろよ！　興味がないならなにもせずにほうっておけよクズ野郎！　死ね！　死ね！　死ね！　お前らみんな死ねよっ！」

多分、こういうのを発狂というんだろ。

言葉が次々と出てくる割には、頭の中は冷静だった。

怒りはある。でもそれ以上に虚しさがひどかった。

十年間、溜めに溜め込んだ負の感情が堰《せき》を切ったように溢《あふ》れ出す。

僕はもはや自分ですら制御不能になっていて、思ってもいない酷《ひど》い言葉も並べたりした。頭の中では大量のコードが絡み合って訳が分からないことになっている。はっきりとした考えはなかったけど、大量の感情はあった。

やっぱり悲しくて、やっぱり悔《くや》しくて、やっぱり情けなくて、僕は泣いていた。

子供みたいに泣いていたんだ。

だって、不安だから。将来が闇に閉ざされているのを知ってるから。

怖いから誰かどうにかしてくれ。父さん。母さん。助けてくれよ。

そうやって泣いてる僕を、クリスは涙を流しながら真っ赤な目でしっかりと見ていた。

そしてクリスは立ち上がり、強固な決意を滲《にじ》ませて言った。

「分かりました。それで俊治さんの気が済むなら、死にます」

「…………………………え？」

頭の中で沸騰《ふっとう》していた熱湯が一気に凍《こお》り付いた。

クリスがなにを言っているのかが理解できない。

そんな僕を見もせずにクリスは部屋の窓に向かい、ガラリと開け、そして窓枠《まどわく》に足をかけた。

それを見て僕は青ざめた。あれだけ重かった足が知らず知らずのうちに動き出す。

クリスが外に飛び出ようとした瞬間、僕の腕は彼女を捕まえた。

クリスは暴れながら叫んだ。

「離して下さい！　わたしは俊治さんの為なら喜んでこの命を差し出す覚悟なんです！」

「いや、ちょ、ちょっと待ってよ！　それはいくらなんでもおかしいって！」

僕が腰にしがみついているのに、クリスはそれでも飛び降りようともがいている。

一軒屋とはいえ、女の子が二階から飛び降りたら打撲《だぼく》じゃ済まない高さだ。

どうしてこんなことになるんだ？　僕はクリスによりよい未来を生きてほしいから言ったのに。

ああそうか、死ねとか言ったからか。でもあれはクリスにじゃなくて、世の中に言った言葉だ。だけどクリスからしたら面と向かって暴言を吐かれたんだから、勘違いするのも無理はないのかもしれない。

にしても意外と力があるなと思いながら、僕はなんとかクリスを部屋に引きずり込んだ。

「きゃっ」

クリスは小さな悲鳴をあげ、僕と揉《も》みくちゃになった。

柔らかい感触に怯《おび》えた僕が体を起こすと、そこにはクリスがいた。

春に出会ってすぐの時と同じ体勢だ。そういえばあのセールスマンは今頃なにをやってるんだろう。

体と頭が別々のことをやりたがっている僕は、やっぱりあの時のように固まっていた。

しばらく黙ったあと、僕は呆《あき》れて笑った。

「いや、その、ごめん……。言い過ぎたよ……」

「いえ、わたしも、その……頭に血が上ってしまい……お見苦しい姿を……」

二人共冷静になるとなんだかさっきまでのことが馬鹿らしくなって笑い合った。

僕が体をどかすと、クリスも体を起こした。

さっきまで笑っていたのに、もう場の空気は気まずくなっていた。

僕はさっき自分が言った言葉を思い出して、うんざりしていた。

全部自業自得《じごうじとく》でしかない。いやだからこそ、社会が正論を振りまわしてくるように思えて怖かったんだろう。僕にはなんの反論もできないんだから。

あんなことを言ってしまったのは寝る前に求人誌を読んだせいかもしれない。

僕はしばらくこの気まずいながら、妙に心地よい感覚に身を任せていた。

思い出すと僕はあんなことを思っていたんだって他人事《ひとごと》のような感想が出てくる。

言いたいことを言いたいだけ言うと、自分でも驚くほど心がすっきりしていた。


冷静になった頭がもう一段冷えると、恥ずかしくなってきた。

いい歳《とし》して情けないことを叫ぶなんて。あんなのは思春期の学生が言うことだ。でも、あれのおかげで僕は幾分《いくぶん》か救われた気がしていたので、後悔《こうかい》はなかった。

クリスは僕の隣でベッドを背もたれみたいにして床に座っている。僕は俯《うつむ》いて足を伸ばし、クリスは上を向いて女の子座りしていた。

なにか話しかけないといけない。そう思いながらも声が出ない。

不覚にも僕はクリスが隣で座っているこの状況がずっと続けばいいと思っていたからだ。

するとクリスが誰に言うでもない調子で話し始めた。

「……わたし、孤児なんです」

ぽとりと落とされたその言葉は強烈《きょうれつ》で、僕は軽く口を開けただけでなにも言えなかった。

僕が黙っていると、クリスは続けた。

「お父さんは生まれる前に死んじゃって、お母さんはわたしが七歳の時に病気で亡くなりました。お父さんの両親は外国人のお母さんとの結婚を許してくれず、駆け落ちしていたので、身寄りもいません。だけどわたしにはお兄ちゃんがいたんです。十歳上のお兄ちゃんは働ける歳になると働いて、わたしを育ててくれました。施設に入ったら抜け出せないと、昼も夜も働いていたんです。でも、そのせいで体と心を壊して、部屋にこもるようになってしまいました。わたしは自分の不幸を呪うのに必死で、お兄ちゃんの不幸に気付いてあげられなかったんです。わたしはお父さんを知りませんが、お兄ちゃんはお父さんが亡くなるところに立ち会っていました。酷い事故だったみたいで、病院に行った時にはかろうじて意識が残っているだけ。お父さんは死ぬ前に家族を頼むとお兄ちゃんに言ったそうです。お兄ちゃんはその言葉を必死で守って、遂《つい》には壊れてしまいました」

クリスは小さく息を吸った。

「いつも一緒にいたのに、わたしにはなにも見えてなかった。強いと思っていたお兄ちゃんはただ強がっていただけだったんです。なのにわたしは気付かないふりをしていました。お兄ちゃんがひきこもって半年もすると、お金もなくなってきます。お兄ちゃんはそのことをすごく気にしていて、働かないといけない、でも体が動いてくれないと悩んでいました。わたしはなにもできず、ただどうにかなるんだろうとぼんやり思っていました。そんなある日、お兄ちゃんは交通事故で死んでしまいました。残されたのは生命保険のお金だけ。わたしはひとりぼっちになって、ようやく気付きました。わたしがお兄ちゃんを殺したんだと。それから今の教会に拾われ、遠く離れたこの町に逃げてきたんです」

衝撃的な告白をするとクリスは疲れたように息を吐いて、呆れ笑いを浮かべた。

「だめですね。結局わたしは自分自身でさえ救えていない。でも誰かを救えればそれも変わると思ったんです。少なくともお兄ちゃんを襲った悲劇が繰り返されるのは見たくありません。もっとわたしが思いやってさえいれば、お兄ちゃんは死なないでよかったのかもしれない。そう思うと悔しくて、悲しくて、なにか行動しないといけないと思うんです」

それだけ言うとクリスは僕の方を向いて頭を下げた。

「すいません。これはわたしの事情で、俊治さんにはなにも関係がないことです。だから気にしないで下さい」

「…………いや、うん……………………」

僕はまともな返事ができなかった。この世界には僕より不幸な人がたくさんいる。その事実を目の前に突きつけられると、この十年誇り続けた不幸自慢が酷くくだらなく思えた。僕が必死に守り続けた悩みはその実、なんの価値もなかったんだ。

クリスは立ち上がり笑顔で振り向いた。

「一つ、お願いがあります。どんなことがあっても自分から命を捨てることだけはやめてください。もしそうなればわたしもご両親も悲しみますから。お兄ちゃんも本当は生きたかったと思うんです。でも疲れすぎてそれすら分からなくなっていた。人には休むことも必要です。だからわたしはひきこもりを否定しません。疲れたら休めばいいんですよ」

ね？　とクリスは小首を傾《かし》げて笑いかけた。

肯定されると、なんだか恥ずかしくなる。僕は別にひきこもり自体を良いとは思ってないからだ。外に出られるなら出られた方が良いに決まってる。

でもその良いことができないから苦しいんだ。

「……………まあ、休んでばかりもあれだけど……」

僕がそう言うとクリスは可愛《かわい》らしくニコッと笑った。

「はい。そうですね」

僕は恥ずかしがりながらこくんと頷《うなず》いた。

その後お腹が減った僕らは二人で下に降りて、おやつを食べた。

クリスが焼いてくれたホットケーキはふんわりしてておいしくて、蜂蜜《はちみつ》とホイップクリームがのっていた。たくさん食べてお腹が膨《ふく》れると気持ちが楽になった。

クリスは帰る時、見送った僕に微笑《ほほえ》んで手を振った。

「バイバイ♪」

その笑顔を見た時、僕は初めて彼女の本当の部分に触れた気がした。

それは人生初の体験で、言葉にならないほど幸せな気分になった。


その夜、父さんが夕飯に呼びに来ると、僕はそのまま部屋を出た。

「今日はなに？」

僕がそう聞くと、父さんは驚いている。

「えっと、たしか天ぷらだったかな……」

「そっか」

僕はそのまま父さんより早く下に降りて、食卓についた。

それを見て母さんも驚いて、それから父さんと顔を見合わせてホッとしていた。

二人が話しかけてくるのに答えながら、僕はテレビを観て天ぷらを食べた。

知らない間にスワローズがクライマックスシリーズで戦っていて少しびっくりする。

考えていた。やらないといけないことがある。やりたいこともあった。

でもまだそれを両親に言うタイミングじゃない。言って実行できなかったらガッカリさせてしまうかもしれないからだ。

焦らないでいい。だけど急がないといけない。僕にはただでさえ時間がないんだから。

クリスの話はたしかに衝撃的だった。だけど僕にとって大事だったのは内容じゃない。

重要なのはクリスが僕に自分のことを包み隠さず話してくれたことだ。

それは僕が本心で語ったからかもしれない。そのおかげでいくらか気分は晴れたし、結果的にはよかったと思う。

あの時間、あの空間は僕に初めて誰かと繋《つな》がっているという感覚を教えてくれた。少しの間だけど誰かの人生と密接に関われたんだ。

ニュースでは人手不足を悩む職場が紹介されていた。普段はあまり興味がないし、あっても目を背けるようにしてるけど、今日だけはちゃんと見た。そう言えばあのセールスマンも言ってたな。介護や建築現場は慢性的な人不足らしい。サービス業やＩＴ業界もだ。

どれもネットではブラックとして叩かれ、場合によっては底辺とか言われている業種だ。

だけどあんなものは底辺でもなんでもない。僕は本当の底辺を知っている。

いや、それさえも傲《おご》りなんだろう。クリスの苦しみを考えたら、僕の苦悩なんてあってないようなものだ。

なんとかしようと思えば、なんとかなるのかもしれない。この頃やっと、僕はそう思えるようになっていた。

その為には、まず自分自身とちゃんと向き合わないといけない。

この十年間で初めて、僕には明日の予定があった。それは怖くて、だけど嬉しかった。

僕には未来があるんだ。

その夜、僕は眠らなかった。

明日自分がやることを何度もシミュレーションする。だけどそれは自分勝手で、どうせ役に立たないものだった。それでも心の準備を怠《おこた》らない。

ちっぽけな勇気は臆病風《おくびょうかぜ》が吹けばすぐに消え去ってしまう。眠らなかったのはこの気持ちを消したくないからだ。僕は両手で蠟燭《ろうそく》の火を守るように壁を背にしてベッドで体育座りをする。そうやって窓の向こうをじっと見つめた。外は闇で包まれている。

町が寝ているしんとした音が聞こえた。

早く朝が来てくれと思う一方で、来てくれるなとも思っている。ずっとこのままひきこもっていればいいと囁《ささや》く僕もいれば、もうこんな生活は嫌だと嘆《なげ》く僕もいた。泣きたくなるような気もすれば、胸を張りたくなるような気もした。

色々な考えが浮かんでは消え、様々な感情が生まれては死んでいった。

それでも僕は闇を見つめ続ける。そして、とうとう向こうの空がうっすらと白みだした。白かった空に赤みがかり、遂には太陽が出てきて僕の部屋を柔らかく照らした。

朝が生まれる瞬間は眩《まぶ》しくて、でも美しかった。

「…………よし」

僕は立ち上がって着替えだした。ジーンズのポケットに財布とスマホを入れる。

目覚まし時計を見るとまだ朝の五時だ。

時間はたくさんある。待つのは得意だ。もう十年も待った。今さら数時間待つことを苦にしない。そのはずなのに、今の僕には時間が貴重に感じていた。

一分一秒を感じている。部屋にこもっていた時は時間という概念《がいねん》はなかった。

今が何月か知らない時もあったし、平日も休日も関係がない。毎日が休みだ。

でも休みってのは学校へ行ったり仕事へ行ったりしなければ意味がない。それに気付いたのはひきこもって半年した時だった。

今僕はひきこもる前にあった時間に動かされている感覚を思い出していた。

僕はふーっと息を吐き、ドアまで歩いて部屋の外に出た。

リビングにはまだ誰もいない。僕はキッチンに行ってお湯を沸かした。

インスタントコーヒーを淹《い》れて飲んでいると、父さんが起きてきた。

「お。どうした？　早いな。それコーヒーか？　私もほしいな」

「インスタントだよ？」

「それでいいさ」

僕はカップに粉を入れ、残りのお湯を入れてから父さんに渡した。

「ありがとう」とお礼を言って父さんはコーヒーを飲んだ。「うまいよ」

六時頃になると母さんも起きてきた。

「あら、二人共早いのね？　ご飯作らなきゃ」

父さんは新聞を読み、僕はテレビで朝のニュースを観ていた。どうやら晴れるらしい。

朝ご飯は白米と味噌汁と焼き魚と納豆。それと漬け物を食べた。ご飯を自分で盛ると、母さんは偉いわねと褒めてくれる。

「別に、これくらい普通だよ」と僕は言うけど、その普通がこの十年間できてなかったんだ。そう思うと恥ずかしくなる。

食事を食べて支度《したく》をすると、父さんは七時を少し過ぎたくらいで家を出た。

「いってきます」

「いってらっしゃい」

母さんが返事をするけど、僕はまだ恥ずかしくて声を張れなかった。

それでも小さく「……いってらっしゃい」と呟《つぶや》いた。

次に母さんが忙しそうに支度をし出した。洗い物をしたり、洗濯物を干したりしている。

今日はクリスが来ないから大変そうだ。僕もゴミ出しだけは手伝った。歩いて一分のところのゴミ出し場にゴミ袋を出すだけだ。

その時誰だか知らないけど中年の主婦らしい人と目があった。きっと近所の人だろう。

「おはようございます」

おばさんはにこやかにそう言った。僕は恥ずかしがりながら、小さく会釈《えしやく》し、ぼそぼそとだけど「おはようございます」と返事をした。

聞こえてるかは分からないけど、おばさんは特に嫌な顔もせず家に帰っていった。

少し前まで僕はあんな人さえ敵だと思っていた。けど実際はほとんど僕を気にしてない。そりゃあ影山さんちの息子がゴミ出しに出ていたよと話はするかもしれない。でもそれだけだ。へえと答えたら終わる。僕の存在なんてそんな小さなニュースでしかない。

その証拠に僕だってすれ違った人を一々覚えちゃいない。さっき見たおばさんの顔だっても朧気《おぼろげ》な記憶しかなかった。

そう思うと挨拶《あいさつ》で声が出せないなんてほんの些細《ささい》な失敗にしか思えなくなってきた。

家に帰ると母さんがパートに行こうとしていた。父さんが車を使っているので母さんは自転車だ。ダイエットになってちょうどいいとは言ってるけど、節約の為かもしれない。

そして節約したお金がどこへ消えるのかといったらおそらく僕なんだろう。

今の僕にかかるお金は食費と電気代と水代とガス代。あとネット代かな。

それが月にいくらかかっているかは知らないけど、数万円の出費にはなっているはずだ。

加えて月に二万円のお小遣いも貰《もら》ってる。お小遣いを貰ってる二十五歳が一体どれくらいいるんだろうか？　きっと同い年の人に知られたら笑われるだろう。

クリスにも安くない金額が払われているはずだ。

ここ最近、僕はいわゆる世間で言う普通が少しだけど分かってきた。そして僕はそれには程遠い存在だということもだ。

結局、今僕が一番欲しているのがその普通だと思う。

誰かから後ろ指さされることのない人生。それが欲しかった。

その為には色々やることがある。残念ながら僕は階段を一段飛ばしで登っていけるほどの勇気も体力もない。少しずつできることをやっていくだけだ。

それでもやっぱり最初の一歩は怖くて、億劫《おっくう》になる。だけど振り返ってみれば僕に守るものなんてないことに気付いた。ある意味、こんな自由はないんじゃないだろうか？

大抵の人は日常を義務的にこなしている。学校に行ったり、働いたり、そういうのは自分の意志で自由にスケジュールを組めるわけじゃない。

だけどひきこもりには義務はない。よく分からない使命感を抱くことはあるけど、そんなものは幻想でしかないことは外へ出たら気付いた。

失うものはない。そう思うと随分《ずいぶん》気が楽になった。多少は気持ちが傷つくかもしれない。でもそしたら癒《い》やせば良い。休めば良い。クリスもそう言ってくれた。

そうだ。これは僕の心だ。それが傷つけば癒やす権利が僕にはあるはずだ。

余った時間を持て余していた僕は己を励《はげ》ますことに時間を費《つい》やしていた。いくら他人が応援してくれたところで、結局自分が自分を信じられないならどうしようもない。

頑張れ。負けるな。胸を張れ。根性を見せろ。

普段なら虫酸《むしず》が走るような言葉だけど、自分自身に言う分にはやる気が出てくる。

スマホを見ると十時になっていた。

僕はそろそろ行くかと立ち上がり、鍵《かぎ》を閉めて家を出た。

こんなことをしても意味なんてないんだろう。傍《はた》から見れば馬鹿げたことだ。

それでも僕はやらなければいけないと感じながら住宅街を歩いていた。

そろそろポロシャツとジーンズだけじゃ涼しい季節になってきた。今日は日が照っていて暖かいけど、これからのことを考えれば秋物や冬物の服もあった方が良い。

セーターとかカーディガンかな。コートとかジャンパーも必要だ。

帰ったらネットで調べてみよう。いや、そろそろお店に行ってもいいかな。親と行くってどうなんだろう？　みんなも行ってるのかな？　それともやっぱり一人？

まあ最悪、お店で見てネットで買えば良いか。

なんて呑気《のんき》に考えながら、僕はベンチに座って空を見上げていた。

ここは公園だ。まだ朝の十時なので誰もいない。たまにジョギングをするお年寄りが通り過ぎたり、向こうの道に宅配の車が停まるくらいだ。

住宅街の端にある公園は一際《ひときわ》静かで、目と鼻の先に家があるにもかかわらず、違う世界みたいだった。木がぐるりと囲んでいて、広いグラウンドと遊具が子供達を待っている。

僕はスマホをいじるわけでもなく、その景色を見ていた。

小さい頃、走り回っていたこの公園。もしそのままます゛ぐに生きていれば、友達と花火やバーベキューとかをしてた可能性もある。もしかしたら彼女とでも来てたかもしれない。それはないか。いやどうだろ。もしそうだったならいいな。

ふと左を向くと看板を見つけた。ここでの花火やバーベキューは禁止と書いてある。野球も禁止？　じゃあなにをすればいいんだろう？　昔はあんな看板あったっけ？

どうやら窮屈《きゅうくつ》な思いをしてるのは僕だけじゃないらしい。

きっと周辺住人が騒いだんだろう。もしかしたらここからメジャーリーガーが出るかもしれないのに。そんな風に思える人はこの周りにはいないんだ。

それよりも邪魔なものを排除することに必死なんだろう。そんなのまるでひきこもりの考えだ。

家から歩いて十分の公園なのに、僕はなにも知らなかった。そんなことばかりだ。新しい店も増えたし、昔あった店は潰《つぶ》れていた。ゲームセンターもレンタルビデオ屋もない。ゲームセンターはスーパーに、レンタルビデオ屋はマッサージ店になっていた。きっと十年後は別のものになっているんだろう。

道が新しくできたり、信号機が見やすく変わっていたり、自販機で好きだったドリンクが買えなくなっていたり、それだけのことが起こるのが十年という月日だ。

町を歩くたびに、僕は困惑し、面影《おもかげ》を見つけるたびにホッとする。駄菓子屋がまだあったのには驚くと共に感動さえしたくらいだ。

僕も背が高くなり、髭《ひげ》が生え、目が悪くなった。そう言えば眼鏡《めがね》も買わないといけない。向こうにある看板の字もよく読めないくらいだ。フレームもガタがきてる。今は町に安い眼鏡チェーン店もできたらしいし、服より先にそっちかな。そういえば眼鏡っていくらで作れるんだろう？　二万円で足りるかな？　そうだ。眼科にもいかなきゃいけない。

意外と忙しい。そんなことを思った時、足音が聞こえた。

誰かが公園に来たみたいだ。音の方を向くと目が合った。

「あ」

「……あ」

互いに小さく声を出した。そこには佐藤さんが子供と一緒に立っていた。


佐藤さんの子供はなにが楽しいのか知らないけど、一人遊具ではしゃいでいた。

彼のお母さんは僕が話をしたいと告げるとベンチの隣に座ってくれた。

この前は気付かなかったけど、佐藤さんのお腹は少し膨《ふく》らんでいた。太ったんじゃないなら、どうやら滑り台を大声で滑っているあの子はお兄さんになるらしい。

話がしたいと言いながら、僕はどう切り出そうかと悩んでいた。

するとじれったそうに佐藤さんが聞いてきた。

「えっとさ。田口《たぐち》って覚えてる?」

「……いや。あ、ああ。うん。覚えてる」

「あれさ。今あたしの旦那《だんな》なんだ」

びっくりした。田口って言えば物静かなイメージがある。小学生の時は図鑑ばかり読んでいた暗い奴だ。確か中学は頭の良い私立に行ったらしいけど……。そうか。あいつが今やパパか。まったく十年って月日は恐ろしい。

僕が驚いていると、佐藤さんは面白そうに笑った。

「あはは。だよね。友達にもめっちゃ驚かれた。大学の時にサークルで会ってさ。あ、通ってたのは別の大学なんだけどね。そしたらあいつ、やっぱり本ばっかり読んでるの。それがなんかおかしくって、全然変わってないじゃんって言ったら怒るんだ。全然違うよって。で、なんか気付いたら結婚してた」

嘘だろ?　そんなことで結婚するの?　いくらなんでも省《はぶ》きすぎだ。でも子供の年齢を考えればそうなるんだろうか?　よく分からない。世の中そんなことばかりだ。

僕が苦笑していると、佐藤さんは子供にあんまり遠くまで行っちゃだめだよと声を張った。言い方が板についている。もう立派なお母さんだ。

「それで、話ってなに？　なんでこの前逃げたの？」

佐藤さんは少しだけ声のトーンを下げた。ちょっとだけど緊張しているのが分かる。いや、警戒の方が正しいいんだろう。

なんせ僕はひきこもりだ。得体の知れない男に違いはない。

僕はゆっくり考えて、ゆっくり答えた。

「なんで逃げたか……。……多分、認めたくなかったんだと思う」

「……え？　なにを？」

佐藤さんは意味が分からないと小さく首を傾《かし》げる。

さすがに僕はむっとした。それでもなんとか感情を抑える。そういえばこういうことも最近できるようになった。昔は怒れば怒りっぱなしで、悲しめばどん底まで悲しんでいたのに。僕はなるべく感情を落ち着かせて、昨日からずっと考えていた言葉を口に出した。

「……僕は…………ひきこもりなんだ」

佐藤さんはあまり驚いてなかった。きっと気付いていたんだろう。それよりも今の僕に興味があるそうだ。

「……え？　あれ、でも外に出てるじゃん」

「……まあ、今はね。でも高校にも行ってないし、働いたこともない……。それどころか、最近まで家から出られなかった。……いや、部屋からもだ」

　そう。あの日、クリスと出会わなければ今もきっとあのままだったはずだ。

　僕はクリスを思い出して、勇気をもらった。手をぎゅっと握り、佐藤さんの顔を見て息を深く吐き、同じだけ吸って言った。

「覚えてないだろうけど、僕は中学の時、佐藤さんにきもいって言われたんだ。それで傷ついて学校に行けなくなった。それから外にも出られなくなったんだ」

　僕の告白に佐藤さんは目を丸くした。完全に予想外だったらしく、固まっている。

「…………………え？　あたしそんなこと言った？」

「……うん。言ったんだ」

　僕が頷《うなず》くと佐藤さんは気まずそうに笑った。

「……あ、言ったかも。いや、どうだったっけ？　ま、まあでも中学生だったしさ？　ほら。子供って馬鹿でしょ？　自分がなに言ってるかちゃんと分かってないまま言ったりするし……」

　佐藤さんが言い訳をする間、僕は黙ってそれを聞いていた。

　怒りはある。だけど抑えられる怒りだ。多分こうなるんじゃないかと思っていてよかった。なんの準備もなかったら、クリスの時みたいに怒鳴り散らしていただろう。

僕がなにも言わないと、佐藤さんも静かになって、俯《うつむ》いた。頬《ほお》に汗が流れている。

そして納得できなさそうな笑みを浮かべて、何度か首を振ってから言った。

「…………あ、その……。……ごめん」

「違うんだ」

僕は即座にかぶりを振って否定した。佐藤さんは不思議そうに顔をあげる。

「……え？」

「……別に、謝ってもらいたいわけじゃない。そんなことをしても、なにも変わらない」

僕の十年間は戻ってこない。

僕はふーっと息を吐いた。そして自分の選択は間違ってないと言い聞かせる。

もちろん怒ることもできた。叫んだり、殴《なぐ》ったりすることもだ。一方的に正論を言ったり、お前は最低だと罵《ののし》ることを何度も何度も考えた。

でも、それをしたってなにもならない。罵って気が楽になればいいけど、きっとそんな気分にはならない。なぜならこの苛立《いらだ》ちの原因は佐藤さんじゃなくて、ひきこもっている僕自身にあるからだ。

なにより、それじゃあ僕は前に進めない。中傷《ちゅうしょう》して、やりこめて、すっきりしてから前を向ける性格ならひきこもったりしないんだ。

僕のことは僕が一番分かってる。向き合う時間は捨てるほどあった。

しばらく黙っていると、佐藤さんは面倒そうに僕に尋ねた。

「……じゃあ、なんでそんなこと言うの？　どうしてほしいわけ？」

「……べつに、なにも」

「はあ？　……よく分からないんだけど」

「……うん。かもしれない」

僕はそこで立ち上がった。こうやって見ると、佐藤さんは小さくて、弱そうだ。どうしてこんな人に怯《おび》えていたのか不思議に思えた。

僕がジャングルジムを登っている子供を見ると、佐藤さんは不安げな表情を見せた。

僕はあの子を見たまま言った。

「……そういうこともあるって言いたかったんだ。言ってる方は気にしてなくても、聞いた方は信じられないほどショックを受ける。まだ心ができあがっていない子供なら尚更だ。そして実際僕はそうだった。心ない一言でこの世の終わりみたいにふさぎ込んだ。そのまま出口が見つけられなくて十年ひきこもるくらいに。君は馬鹿らしく思うかもしれないけど、そういうことがあるんだよ。それを、君に知ってほしかった。それだけだ」

ジャングルジムの上では子供がこっちに手を振っている。あの子もいずれ被害者になるかもしれないし、加害者になるかもしれない。まだなにも決まってないんだろう。

だけどできればどちらにもなってほしくない。そんなのは僕だけで十分だ。

僕はふっと短く息を吐いて、出口へと歩き出した。

「……じゃあ。体に気をつけて」

返事が返ってこないまま、僕はすたすたと歩いた。もう会うこともないだろう。会っても話すことはないはずだ。今日で僕のことを嫌いになったかもしれないし、気持ち悪い奴だと思ったかもしれない。なにより子供に近づかせたくないと感じたはずだ。

でもどうでもよかった。思いたければ思えばいい。僕も勝手に思ってる。

そうやってなんとか自分を保とうとしている僕の背中に佐藤さんは言った。

「………ごめんなさい」

ふいに言われたその一言に、なんだか僕は泣きそうになった。涙を堪《こら》え、なんとか振り返ると、さっきまでと違い佐藤さんは寂しそうな顔で僕を見ている。

別にこんな顔をさせるつもりじゃなかった。子供も心配そうにこっちを見ている。

僕は言葉を探し、そして辿《たど》り着いた。

「……ありがとう」

出てきたのは感謝の気持ちだった。言った僕すら驚いているくらいだ。それでも耳から入った言葉より、口から出ていった言葉の方が僕を励《はげ》ました。

今まで感じたことのない爽快《そうかい》感がある。きっと、僕はこの言葉を言いたかったんだ。

自然と笑みがこぼれた。すると佐藤さんも安心したように笑った。

僕は前を向き、歩き出した。後ろから子供の声が聞こえる。

「バイバーイ！」

僕は少しだけそっちを向いて、また小さく笑った。

「……………うん。バイバイ」

公園を出るとしばらくぼうっとしながら歩いた。自分がどこに向かっているのかすら分からない。ふと道に止まっていた車を見ると、窓には僕の泣いた顔が映っていた。

自分でも驚くほどくしゃくしゃになって僕は泣いていた。顔は真っ赤で、なんとか泣かないように顔をしかめるけど、まったく意味がなかった。

情けないほどボロボロと涙がこぼれ、それがアスファルトに落ちていく。

僕は涙を手や腕や袖《そで》で拭《ぬぐ》いながら自分に言い聞かせた。

「泣くな……。泣くな……。泣くな……。泣いてもなんにもならないぞ……」

僕はそれでも足を止めなかった。泣きながら歩く僕にすれ違うおばさんが不思議そうにしている。それも気にせず僕は歩いた。

しばらくして涙は止まった。こすり過ぎたので目が痒《かゆ》い。

顔をあげると知らない間に県道に出ていた。

忙しそうに車が走っている。すると視界の右に大きな車がこっちに向かってるのが見えた。

僕の前を大きなバスが通り過ぎていく。そのバスはすぐそこのバス停にとまって、お年寄りを乗せていた。

それを見た僕はなにも考えずに足を動かしていた。

その日の晩ご飯を家族で食べている時、父さんが夕刊を眺めて言った。

「お。沖縄が三万円か。安くなったな。どうだ？　俊治は旅行とか行ってみたくないか？」

そこで僕の顔を見た父さんは目をぱちくりとさせた。

「……あ、あれ？　その眼鏡《めがね》、買ったのか？」

「……うん。まあね」

そう。あれから僕はバスに乗って町に買い物に出かけた。

バスでのお金の払い方も分からなかったので、運転手に聞くと、どこで乗りましたと聞かれ、バス停の名前を言うと上の番号を指差して金額を言ってくれた。お金を払うとありがとうございますと会釈《えしゃく》までされた。良い人だった。

それからスマホのアプリで店を探して、眼鏡屋に辿《たど》り着いた。お店で視力検査もできると言われてやってみると、両目共に０・４しかなくてびっくりした。中学の時よりかなり下がっている。

今しているのと似た一番安い黒いスクエアタイプのフレームを選ぶと完成まで一時間の待ち時間があると言われた僕は町をうろついた。

やっぱり人が多い。だけど誰も僕を見ていない。楽しそうに笑うグループもいれば、僕みたいに暗い奴も多い。ベンチに並んで高校生がスマホをいじっていたり、音楽を聴きながら歩いている人もたくさんいた。

恐る恐るお店を見て回ると、意外にも求人のポスターがよく目についた。求人誌に載っていた店もある。僕より若い人達が忙しそうに働いていた。そうかと思えば父さんとあまり歳《とし》の変わらない人が研修中のバッジをぶら下げていて僕を驚かせた。

母親と二人で買い物をしている男もたまに見かける。歳は僕と同じかもっと上の場合もあった。子供がはしゃぎ回り、赤ちゃんが泣いていた。

町は音で溢《あふ》れていて、僕は少し疲れた。それでもまだ時間があるので、思い切って喫茶《きっさ》店《てん》に入ってみた。店内は静かだ。店員に席をすすめられ、メニューを渡されて僕は驚いた。コーヒーが一杯四〇〇円？　漫画が一冊買える。中古本なら四冊だ。これが世間の普通なんだろうか。

僕は戸惑いながらアイスコーヒーを頼んだ。出てきたものはべつに普通の味だった。

ただ高いだけかとがっくりして店内を見回すと、話し合う主婦やノートパソコンを広げる若者がいた。スマホを触っているサラリーマンはサボっているんだろうか？

次に僕は外を見つめた。みんな忙しく歩いている。一人の人もいれば、誰かといる人もいた。一人の人はつまらなそうに歩き、誰かといる人は楽しそうだ。

当たり前だけどたくさん人がいる。みんなはなにを思ってここに来たんだろう？　そしてどこに帰っていくんだろう？　もしかしてひきこもりもいるのかな？

興味はあったけど、その答えは知るよしもない。

それにしても喫茶店は良い。静かだし、ゆっくりできる。周りに人がいるのにあんまり気にならない。値段さえ安ければまた来たい。それも働いたら気にしなくなるんだろうか。

しばらくして僕は眼鏡屋に戻り、出来上がった眼鏡を受け取った。かけてみるとよく見える。だけどちょっと度が強くて目が疲れた。値段は安くて一万円もしなかった。

金額に怯えていた僕はほっとして、大きな衣料品店に向かった。なにを買えばいいのか分からなかった僕はマネキンをまねしてみることにした。こうすればハズレはないとネットに書いてあったからだ。

靴《くつ》も意識しろと書いてあったから、僕と同じ白黒のスニーカーを履《は》いてるマネキンと同じ服にした。白地に黒のボーダーが入ったTシャツになんか袖《そで》が短い黒いシャツ。それにベージュのチノパン。合わせて八千円だった。もう少し寒くなったら冬物も買いに来ないといけない。もったいない感じもしたけど、いつかはいるものだ。

それから本屋で漫画を買ってからバス停でバスを待った。

買い物してバスで帰る。あれ？　なんかこれ、普通っぽくないか？

僕は少し嬉しくなってきた。他人の目は多少気になるけど、全然我慢できる範囲だ。

僕はバスに乗ると、今度はちゃんと番号の書かれた券を取った。払う値段は行きと一緒だろうけど、これがあれば少しは不安がなくなる。なくさないようにとポケットの中で握っていた。

再開発されて活気づく町を見ながら僕は今日のことを思い出していた。

佐藤さんには悪いことをしたのかもしれない。あのまま僕が黙っていれば、佐藤さんは加害者であることを思い出さないで済んだわけだ。

それでも言わないといけないと僕は思っていた。

僕の為にも、佐藤さんとその子供の為にもだ。

大きなお世話かもしれない。だけど、僕はそう思ったから言ったんだ。

べつにあんな顔をさせるつもりはなかったし、謝らせるつもりもなかった。だからと言って全てを水に流すつもりもさらさらなかった。

昔言われた悪口は僕を傷付けた。それは紛《まぎ》れもない事実だ。きっと僕みたいな理由で登校拒否する子もいると思う。あの子には、その原因にも被害者にもなってほしくなかった。もし被害者になったら、佐藤さんには力になってあげてほしいし、加害者になったらちゃんと怒ってあげてほしい。まあ、子供ってのは案外大人の知らない独自の世界を持ってるもんだから気付かないかもしれないけど。

本当のところはただ悔《くや》しかっただけかもしれない。今となってはそれさえもあやふやだ。

どちらにせよ今日という日は僕にとって特別な日になった。

昨日はクリスに、今日は佐藤さんにちゃんと話すことができたし、一人で買い物もできるようになった。まだおぼつかないけど、慣れたら大丈夫だろうという予感はある。

少しずつだけど止まっていた世界は動きだし、僕はそれに合わせて前に進んだ。

しばらくすると僕の町が見えてきた。こうやって見ると案外小さい。

そうだ。外にはもっと広い世界がある。こんな町で起こったことなんて誰も気にしないし、ニュースにもなりはしない。
遠くの空では太陽がゆっくりと降りてきて、反対側にはうっすらと月が見える。
昼と夜のバトンタッチを見ながら僕は思った。
さあ、明日はなにをしようか？

五話

十一月。随分《ずいぶん》寒くなってきた。僕は昨日町で買ったダウンジャケットのポケットに手を突っ込んで、目の前の建物を見上げていた。

この小さな教会は町外れの小高い丘の上に建っていた。近くに宿舎のような四角い建物も見える。どうやらクリスはあそこで暮らしているらしい。朝になるとバスに乗って僕の家まで来ていることすら最近知ったくらいだ。

正直、宗教に興味はない。どちらかというと意見を押しつけるから嫌いな方だ。

キリストは湖の上を歩いたらしいけど、見たわけじゃないし、実際見せられてもすごいとは思うけど、それだけだ。こんなことを言えばクリスを怒らせるかもしれないから言わないけど、正直そこまで乗り気なわけじゃなかった。

僕が教会の上に取り付けられた十字架を眺めていると、クリスがやってきた。冬服はスカートの裾《すそ》が長く、白くて長い手袋をしている。

「どうぞ。こちらの集会所です」

　クリスに連れられていくと、事務所みたいな場所に通された。中は案外普通で、十字架があることを除けばテーブルと椅子《いす》が置いてあるくらいだ。エアコンだけじゃ足りないのか、ガスヒーターがゴーッと音を立てて動いている。

「……本当にお茶を飲んでるだけでいいの？」

「はい。普段は人が集まると聖書を読んだり、手話を習ったりしますが、本日その予定はありません。なにかしてみたいことはありますか？」

「いや、ないけど」

「そうですか。ではもうしばらくお待ち下さい。あ、わたし奥で紅茶を淹《い》れてきますね」

　そう言ってクリスは給湯室へと入っていった。僕は暇なのでとりあえず椅子に座るけど、やることはない。

　顔を上げるとこの部屋にはどこか不釣り合いなマントルピースが視界に入った。上に写真立てが置いてある。中は白髪でしわだらけのお婆《ばあ》さんと少し若いおじさんの写真だった。お婆さんは修道服を着て優しそうに微笑《ほほえ》んでいる。僕はこの人がきっとクリスの話していたマザーなんだろうなと思って、部屋を見渡した。だけどあるのは聖書くらいだ。

　しかたなくスマホを取り出してニュースアプリを見ていた。最近なるべく見るようにしている。僕には話題がないから、少しでも世間の動向に注目してないと話せない。

政治家がどこかの国で集まったり、芸能人が飲酒運転で捕まったり、アイドルグループが解散したりと正直どうでもいいといえばそうだけど、そういう話が好きな人はいる。

うちでも父さんは政治や経済のニュースを見て、母さんは物価の上下を気にしていた。

クリスは最近画像加工アプリに凝《こ》っているらしい。同世代の女子が使っているのを見てやっているらしいけど、そのほとんどが教会のホームページに載せる写真を綺麗《きれい》にするためってのが彼女らしい。

僕がぼけーっとしていると、入ってきたドアが開いて、そこから女の子がやってきた。

眠たそうな女の子は前髪を揃《そろ》えたショートボブに少しギャルっぽい格好をしていた。

「なんだ、人いんじゃん……」

女の子は僕を見て面倒そうに呟《つぶや》いた。そりゃあ人の集まりなんだからいるだろうと言いたかったけど、我慢した。

すると女の子の後ろからクリスと同じメイド服を着た女性がやってきた。

背が高く、長い髪を後ろでくくった格好いい人だ。優しげな眼差《まなざ》しで僕を見つけると、ニコリと微笑んだ。そして綺麗で品のある声を出す。

「綾《あや》さん。初めて会った人にその言い方はよくないわ」

「そう？　べつに普通じゃない？　マリアが気にしすぎなんだって」

綾と呼ばれた大学生くらいの女の子はマリアと呼ばれた女性に悪戯《いたずら》っぽく笑いかける。

そのまま綾は僕の近くまでやってきて、椅子にどすんと座っていきなり尋ねた。

「あんたもひきこもり？」

他人に言われ、僕の胸にグサリと言葉が突き刺さる。だけど冷静になると、今の言葉は変なところがあった。あんた、も？

「……………まあ、そうかもしれないけど……」

「どっち？」

「……………どちらかと言うとひきこもり……かな」

「あっそ。じゃああたしと一緒だ」

綾は手の爪に塗られたネイルを見ながら素《そ》っ気《け》なく言った。

うそつけ。こんな行動的なひきこもりがいるもんか。

僕が内心怪しんでいると、奥からクリスが紅茶を持ってやってきた。

クリスはマリアさんを見つけると目を輝かせた。

「マリアさん！　来てたんですね！」

「ええ。綾さんが来てもいいと言ってくれたから。久しぶりね。クリス。少し大きくなったかしら」

「分かりますか？　あの時から背が一センチ伸びたんです」

マリアさんと話すクリスはまるで子供みたいだ。まあ十八歳なんだから子供なんだろうけど。それにしても二人はどういった関係なんだろうか。

「あ。こちら研修の時にお世話になったマリアさんです。わたしにメイドとしてのイロハを教えてくれた恩人なんですよ」

「そう……なんですか……」

よく分からないけどクリスにとって大切な人なら僕にとっても大事な人だ。

「あなたが俊治《しゅんじ》さんね。瀬戸《せと》マリアです。よろしくお願いします」

丁寧《ていねい》に頭を下げるマリアさんに僕もつられて会釈《えしゃく》した。名前はマリアだけど、この人は日本人みたいだ。

そんな僕らのことは気にせず、綾がだらしなく手を挙げた。

「あ、あたしも紅茶ちょうだい。それとお菓子もねー」

「かしこまりました。少々お待ち下さい」

クリスは律儀《りちぎ》に頷《うなず》いた。

「私も手伝うわ」

そう言うとマリアさんはクリスと一緒に再び給湯室へ戻っていった。

僕が紅茶を飲んでいると、綾がテーブルに突《つ》っ伏《ぷ》し、ニヤッと笑って僕を見上げた。

「ねえ。良い物見せてあげよっか？」

「………………べつにいいよ」

正直気になったけど、なるべくそう見えないようにした。どうもこの子は普通じゃない。

僕はいいと言ったのに、綾はイタズラでもするように右手の袖《そで》をめくった。

それを見て僕は言葉を失った。

「じゃ～ん。分かる？　リストカット。すごいでしょ。触ってみる？　ざらざらするよ」

綾の手首は見るのが怖くなるくらい傷だらけだった。それも真横に一直線のものがたくさんある。正直気持ちが悪かった。

僕の表情を見て綾は子供っぽく笑った。

「あはは。胸でも見れると思った？　残念でした～」

「……べつに、思ってないよ」

「あっそ」

そう言うと綾は体をぐーっと伸ばして「ああーダルー」とこぼした。

僕はまだドキドキしていた。リストカットなんて初めてみた。怖くなるほど痛そうだ。

夢に出てきたらどうしよう……。

それにしても一見可愛《かわい》く見える女の子がどうしてこんなことをするんだろう?

僕の視線に気付いたのか、綾は頰《ほお》をテーブルにつけて僕を見上げたまま言った。

「あたしね。彼氏運ないんだ。付き合った奴が殴《なぐ》ってくんの。最初は我慢するんだけど、だんだんできなくなる。でも苦しくなると手首切ったら落ち着けるんだ。それを繰り返してたら心の病気になっちゃった。今は実家でマリアと一緒に暮らしてる。あんたは?」

「……僕は……べつにいいよ」

「まあいいから話してよ。そしたら楽になるからさ。それとも薬欲しい? 分けてあげよっか? あたしいっぱい貰《もら》えるんだ」

綾はへらへら笑いながら、ピルケースを取り出した。

こんな子もいるのかと僕はショックだった。女の子を殴る男がいることにもびっくりした。世の中には色んな人がいて、色々と苦しんでる。

僕は少し考えた。この子が自分のことをはっきりと話してくれてる。それで自分が話さないのはどこかフェアじゃない気がした。それにこの子もひきこもりだ。馬鹿にされる覚えはない。

「……僕は中学でいやなことがあって、それから家にひきこもってる」

「へえ。登校拒否ってやつ？　別に学校なんか行かなくて正解だって。あたしもいじめられてたし」

この子は自分の恥ずかしいことを簡単に言ってのける。いや恥ずかしいとも思ってないのかもしれない。そういう面では強くて尊敬できる。だけどきっと逃げ方が下手《へた》なんだろう。それは僕も同じだ。

「お兄さん今何歳？」

「……二十五だけど」

「あ、結構いってるんだ。あたしは十九。もうすぐ二十歳《はたち》だけど」

改めて歳《とし》のことを言われるとダメージが大きい。結構いってるは適切な表現だった。

僕が傷ついているのも知らないで綾は毛先を触りながら話し続けた。

「でも男はいいじゃん。女なんか三十すぎるとなんもないよ。あたしはまだ若いからマシだけどさ。高校中退してガールズバーで働いている時、二十八歳のおばさんが年齢バレて笑われてた。あれはマジで最悪だね。それに比べて男はある程度歳いっても働けるじゃん。あたしなんて馬鹿だからさ。歳とると商品価値がなくなってくの。だから誕生日は怖いよ。死にたくなる」

綾は大きな溜息をついた。さっきまで元気に見えたのに、今度は暗い。僕はここでこの子は明らかに精神状態が普通じゃないことに気付いた。

「……お兄さん、名前なに？」

「……影山《かげやま》」

「苗字《みょうじ》じゃなくて名前」

「…………俊治だけど」

「シュンジ？　どんな字？　まあいいや。シュンジ君はさ、ひきこもってると死にたくならない？」

「…………なるよ」

僕がなけなしの勇気を振り絞《しぼ》ってそう言うと、綾が近づいてきて僕の服の袖をめくった。

「……でも傷ないじゃん。へえ。強いんだ。シュンジ」

綾の目は疲れていた。僕は弱り切ったその目を見て言った。

「……君ほどじゃない」

「なにそれ？　皮肉？　リストカットする女が強いわけないじゃん」

綾は見るからにむかついていた。だけど僕の言葉は皮肉じゃなかった。

「……僕は自分のことを話すのが苦手なんだ。だから、初対面でここまで話せる君が羨《うらや》ましい」

「ありがと。でもあたしは綺麗な手首のシュンジが羨ましいよ」

「……傷はいつか癒《い》えるさ」

「……だといいね」

綾はニコッと笑った。どうにも歪んだ笑みだった。それがおかしくて、悲しくて、僕も小さく笑った。

それからクリスとマリアさんが用意してくれたケーキを食べた。女の子同士だと綾は案外楽しそうにしているので安心した。もしかしてああ見えて男が怖いのかもしれない。

当然か。誰だって殴られればそうなる。だから自分を見せて少しでも相手に害のないことを伝える術《すべ》を手に入れたのかもしれない。

僕は三人の話を黙って聞いていた。そう言えば女の子同士の会話なんて久しく聞いてない。うちでクリスと母さんが話しているのを聞くくらいだ。

「クリス。しっかりやってるみたいね。嬉しいわ」

「いえ、至らないところの方が多いですが、俊治さんに甘えさせてもらってます」

「そうなの？　研修中はあたふたしてばかりいたから心配だったのよ。この子を一人にして大丈夫かしらって。一生懸命なのはいいんだけど一人で突っ走って大変だったわ」

「もうマリアさん。それは内緒にしていてくださいよ～」

クリスは顔を赤くしながら口を尖《とが》らせていた。

僕が見た事のない表情だ。これが自然体の彼女なのかもしれない。そう思うと寂しいけど、見られてよかったとも思えた。

綾はクリスの手を触りながらすべすべで気持ちいいーと笑った。

「ねえ、クリスだっけ？　彼氏いんの？」

綾の問いに僕は耳を澄ませた。

するとクリスは恥ずかしそうに膝の上で手をもじもじと動かした。

「いえ、そういう人は……」

「あ、じゃあ処女？」

この女はなんてことを聞くんだ？　ほら見ろ。クリスが真っ赤になっているじゃないか。

僕は怒りながらひっそりと安心していた。それも気にせず綾は話を続けた。

「ねえ。暴力振るう男とそうじゃない男の見分け方教えてあげよっか？　あたしの経験では束縛《そくばく》が強い男と気が弱いくせに意地っ張りでわがままな男はやめといた方がいいよ」

気が弱くて意地っ張り。まんま僕じゃないか。変なことを吹き込むな。

僕が睨《にら》むと綾は笑った。

「シュンジ君は嫌なことがあったらひきこもるタイプでしょ？　じゃあ大丈夫。あいつらは嫌なことがあったらストレス発散の為にくるタイプだから。マジでクズ。二人共引っかかっちゃダメだよ？　最初は優しくてもあとがひどいからね」

綾の言葉には重みがあって、クリスとマリアはこくんと頷いた。

それを見て綾もよろしいと頷いてから、また僕の方を見た。

「シュンジ君ってさ。童貞？」

僕は飲んでいた紅茶を噴き出した。それを見てクリスが慌ててタオルを持ってくる。

僕がそれでテーブルや服を拭いていると綾は面白そうに笑ってた。

「あはは！　動揺《どうよう》しすぎでしょ。ま、中学からずっとひきこもってたらそうなるよね。むしろクリスがいるのによく我慢できてるよ。まあ襲ってもやられるだけだしね」

それを言われて流石《さすが》に僕もカチンときた。

「……みんながみんな、お前みたいに考えると思うなよ」

「あ、怒った？　ごめんごめん。あたしはちょっとおかしいからさ。許してよ」

綾は自分の頭をトントンと叩いた。それをされると言いたいことが言えなくなる。

「……ずるいな、それ」

「しょうがないじゃん。自分を守るためにはなんだって使うよ。だって誰も守ってくれないんだもん。それどころか殴ってくるし」

「……僕はそんなことしない」

「マジ？　理想の彼氏だ。あたしら付き合う？」

「絶対嫌だ」

「即答かよ。せっかくのチャンスを。これだから童貞は」

やれやれと呆《あき》れる綾に僕はギリギリと歯ぎしりをしていた。それを見てクリスは慌てて、マリアさんは慣れているのかケーキを黙々と食べていた。

久しぶりに腹が立った。やっぱりこういうタイプの女子は苦手だ。

むかむかくる。だけどそれでいて僕は心のどこかで楽しんでいた。前にクリスと話した時に感じた互いの人生に干渉している感覚がある。

これだけ元気に話せて笑える綾が病気なんて今でも信じられないけど、あの傷は嘘じゃない。そういう意味では僕は元気だ。心も体も病んでない。

それでも一歩間違えればそうなっていてもおかしくなかった。それくらいひきこもりってのはきついんだ。周りからは怠《なま》けているだけに思えるかもしれないけどさ。

長い時間ひきこもっていると心に蓋《ふた》がされるんだ。その蓋は取り外そうとしても中々動かない。少しずつ動かしていくしかない鋼鉄の蓋だ。

僕は今、どうにか話せるまでになってるけど、それはとても幸運なことかもしれない。

そう思うと僕はまたひっそりとクリスに感謝した。

それからしばらく僕らはケーキを食べながら適当に話をした。

久しぶりにちゃんと話した気がする。

誰かと会話するのは嫌なこともあるけど、楽しいこともあった。


気付くと二時間が経っていた。もう四時だ。

どうやら今日は僕達だけらしい。いつもならもっと人が集まるらしいけど、今日は用事があったり気分が乗らないと連絡があったそうだ。

「綾さん。そろそろ」

「え？　もう？」

マリアさんに促され、綾は嫌々立ち上がった。なにか用事があるのかなと思っていると、綾は言った。

「あたしってさ。夜になると落ちこんじゃうんだ。だからなるべく家にいないとダメなの。薬飲めば楽になるけど、ずっと効くわけじゃないしね」

「……へえ」

「だから今日は帰るわ。急に泣き出したり、苛《いら》ついたりするのを見たくないでしょ？　酷《ひど》いと手首切っちゃうし」

正直それは見たくなかった。僕も久しぶりに話をして顎《あご》が疲れている。そろそろ帰ってもいい時間だ。

するとクリスが僕を見てニコリと笑った。

「俊治さんはどうしますか？」

「……じゃあ僕も帰るよ」

僕が頷《うなず》いて立ち上がると、綾がケラケラ笑っていた。

「なんかクリスってお母さんみたい。おかしー」

「べ、別にいいだろ」

そうは言ったものの、なんでもクリスに促されて決めてるんじゃ子供も同然だ。

照れながら外に出ると寒かった。丘の上なので風が強い。

すると小さな赤い車がやってきた。それを見て綾が嬉しそうにする。

「あ、お母さんだ。うちお父さんいないんだよね。シュンジ君は？」

「いるよ。うるさいけど」

「そっか。じゃあＩＤ教えて」

綾の会話には全《まった》く脈絡がないけど、もうすっかり慣れていた。それにしても女の子から連絡先を聞かれているのにドキドキしないのはなんでだろうか？

　僕は携帯を取り出したけど、よく考えれば両親のは電話番号しか知らない。

「……やり方が分からない」

「なにそれ。もう貸してよ」

　綾は僕のスマホをとってぶつくさ言っていた。

「あー、こっちかー。えっと、たしか元彼のはここを押して……。はいできた。あたしのも送っといたから寂しくなったら連絡するね」

「………………え？」

「死にたいとか送るから、その時はやさしくしてあげて。酷いこと言ったら首吊るかもしれないから気をつけろよ」

　綾はニヤリと笑う。まるで他人事《ひとごと》みたいだけど、それは切実な問題だった。

　これもあの手首を見てなければ冗談として済ませるんだけど。

「……分かったよ。でもあんまり期待されても困るから」

「してないよ。シュンジ君もひきこもりだし、自分のことで精一杯でしょ？　だから一応ね。マリアがいない時とか構ってよ。じゃね」

　それだけ言うと綾は車に乗っていった。すると窓が開いて母親が顔を出した。

長い茶髪を後ろでくくった若いお母さんだ。目元が綾とよく似ている。

「綾の相手をしてくれてありがとね。よかったらこれからも仲良くしてあげて」

「寒いから早く閉めてよー」

「はいはい。じゃあね」

綾がそう言うと窓は閉まり、赤い車は走っていった。

丘の上は嵐が去ったみたいに静まりかえった。小さくなる車を見てマリアさんが言った。

「あれでも綾さんは随分《ずいぶん》良くなったのよ。初めて会った時は目の下のクマも凄《すご》かったし、睡眠薬がないと眠れなくなっていたの。部屋の隅でずっと他人に怯《おび》えてたわ。綾さんはお父さんにも虐待《ぎゃくたい》されてたの。お母さんがそれに気付いたのは綾さんが家出したあとだった。離婚したお母さんが綾さんを見つけた時には心が死にかけてたの。そういう人も、世の中にはいるのよ」

マリアさんは僕をじっと見た。それは綾に優しくしろと言っているようだった。僕としてもそんな話を聞いたら嫌だとは言えない。だけどどうすればいいのか分からなかった。

「……だからって、僕が誰かを助けられるわけじゃない」

「今はそうでしょうね。だけど、気にはしてあげてちょうだい。それだけで人は随分楽になるから。人を救うのは優しさだけなのよ。分かるでしょう?」

「……まあ、それくらいなら」

「ありがとう。クリスは良い人と出会えたわね」

マリアさんは柔和《にゅうわ》な笑みをクリスに向ける。クリスは嬉しそうに「はい」と頷いた。

なんだか恥ずかしくて僕は横を向いた。そのまま見上げると小さな白い教会が灰色の空に浮かんでいるように見えた。

またここに来てもいいかもしれない。思ったより気楽だし、ケーキも美味《おい》しかった。

そして実際、それから定期的に通うことにもなる。

クリスマスにも来て、人生で初めてパーティーに参加した。僕以外にも色々と悩みを抱えた奴が集まると、一人じゃないんだと気が楽になった。

その時は綾も元気そうでホッとした。変わった奴が多いけど、僕も人のことは言えない。みんな現状をなんとかしようと自分なりに頑張っていた。

なにより、僕は行く場所があることが、会う人がいることが嬉しかった。


正月。クリスマスもそうだったけど、イベントに参加するのは久しぶりだった。

綾に誘われた僕はクリスと共に初詣《はつもうで》に赴《おもむ》いた。綾の隣にはマリアさんがいた。

「こんな可愛《かわい》い女の子三人と外出できるなんてシュンジ君は幸せ者だね～」

綾はからかうようにそう言う。冷静に考えればそうとも言える。ただ僕は恥ずかしくて、「一人多いよ」と冗談で言った。それにマリアさんとクリスは笑ってくれた。

この頃僕は人の笑顔を見ると素直に嬉しくなっていた。

僕と綾は人混みが苦手なので、あまり混んでない時間にバスで神社に行った。

この時は流石《さすが》にクリスとマリアさんはエプロン姿じゃなかった。どちらも同じグレーのコートを着ている。質素に見えるけどよく似合っていた。

僕らは屋台を見てあれが食べたいとか言いながら、階段を登って神社に辿《たど》り着いた。

僕と綾はお賽銭《さいせん》を入れて手を合わせた。クリスとマリアさんはそれを後ろで眺めている。なんでかなと思ったけど、彼女達は教会に所属してるそうだし、色々あるんだろう。

「薬の量が減りますように」

綾の願い事は病気のことだった。やっぱり苦しんでいるみたいだ。

そう思うと僕は幸運だ。怪我《けが》も病気もしてないし、両親だって元気だ。

ふと僕の願いはなんだろうかと考えた。ニートを卒業したいし、資格だって欲しい。人並みの生活を送りたい。色々あるけど、それは神様が叶えてくれる願いじゃない。

僕がひきこもっていた十年間は神様がいないことを証明していた。いたとしても僕には興味がないみたいだ。だから僕は見えないものに頼らない。

そうか。それが願いか。なんとか自分の力で前を向けますように。そしてできれば……。

僕は黙って願った。いや、誓いに似ている。少しずつでもいいから頑張ろうって決意を胸に秘めた。

クリスと出会ったのは春だった。今はもう冬だ。時間はあっという間に過ぎていく。

きっと、もう少ししたら……。

僕が寂しく思いながら社務所《しゃむしょ》でお守りを見ているとクリスが見上げて笑顔で尋ねた。

「俊治さんはなんてお願いをしたんですか？」

「……べつに。頑張ろうって」

「あ、ステキですね。わたしも頑張ります」

「でもクリスはもうちょっと休んで良いと思うよ」

「けどわたし、動いてないと逆に疲れるんです。それに週に二日はゆっくり休ませてもらっていますし。ミカエルを眺めていたら疲れなんて消えちゃいますしね。あ、最近ミカエルにお友達ができたんです。メタトロンというメダカなんですが、可愛くって」

「へえ。そう言えば本物のメダカって見たことないかも」

僕が記憶を探っていると、綾は苦笑していた。

「あたし両生類とか魚とか無理だわー。よく飼えるね。マリアのあれはなんだっけ？」

「ダイヤモンドテトラのサンダルフォンとウリエルね」

「そんな名前なんだ。あの魚。てかあんた達の間では魚飼うのがブームになってんの？」

その質問にクリスが答える。

「わたしはマリアさんの影響なんですが、見てると癒《いや》されますし、とっても可愛いですよ。綾さんもどうですか？」

「いやだから無理だって。お刺身とかならいけるけど。メダカっておいしいの？」

「お刺身……」

クリスは青ざめた苦笑いを浮かべていた。さすがにこれは綾が悪い。

「なあ、ちょっとは考えてから言えよ」

「いやだって分かんないんだもん。だって魚だよ？　魚が泳いでるの見てなんになるの？」

「それは……その………、なんにもならないのがいいんじゃない？」

「へえ。そんなもんなの？」

「まあ、僕もよくは分からないけど………」

「なにそれー？　フォローするならもっとちゃんとしてあげなよ」

綾がもーと言いながら笑う。

なんで僕が責められないといけないんだ。

理不尽さにむっとしながらも、人を擁護《ようご》するのって意外と難しいなと思う。その人のことをきちんと理解してなければできないことだ。

正直言ってくだらない会話だった。でもきっと、そのくだらなさが救いだったりするんだろう。もしかしたらこれが僕の一番欲しかったものかもしれない。

そのあとみんなでおみくじをひいた。

その結果僕は末吉で、中吉の綾が声を出して笑っていた。

三人と別れて家に帰ると、僕は椅子《いす》に座ってパソコンを起動させた。

最近はインターネットの時間も制限している。ゲームも一日二時間までにしてタイトルを絞った。アニメもほとんど観なくなった。これは別に誰かに言われてやっているわけじゃない。僕にはあまり時間がないのに、遊んでばかりいてもしょうがないからだ。

僕はノートを取りだして、ネットで調べた情報を書いていく。最近、検索しているとある資格を知ってそれを調べている。

昔、僕は僕の問題点を洗い直したことがあった。

一言で言えば中卒ヒキオタニートだ。

まあ百歩譲《ゆず》ってオタクはいいとして、それ以外は中々深刻だと改めて思う。ただひきこもりに関しては随分楽になっていた。まだ脱したとは言い切れないけど、そこそこ外に出ているし、人とも会って話している。

なら次は中卒とニートだけど、意外とこれは同じ問題なんじゃないかと考え始めていた。学歴がないからニートから抜け出す勇気が出ないんだ。だからまず僕は中卒をどうにかしようと思った。だけど今から高校に行くのはどうにも自信がない。夜間の高校なら僕みたいな人がいるって聞いたけど、なんとなく荒れていた人が行くイメージがあって怖かった。だから僕は高校に行かなくても良い、高卒認定試験っていうのを受けようと思っている。厳密に言えば高卒の資格じゃないみたいだけど、ほとんど同じ扱いをされるらしいならそれでいい。

今年は八月と十一月に試験があるらしく、願書ってやつを先に出さないといけないらしい。受験料も小遣いの範囲で払える金額だ。

科目は八つくらい。選択科目もあるみたいでまだよく分からないけど国語と数学と英語は確実らしい。

そうは言っても僕は高校に行ってない。それはつまり教科書を持ってないってことだ。参考書でもいいみたいだけど、当面はまず中学の勉強をやり直そうかと思っている。

ただ改めて全教科の教科書を並べてみると、その情報量に辟易《へきえき》する。ここに高校の分も加わるんだから膨大《ぼうだい》だ。

そりゃあそうか。みんなは六年もかけて勉強するんだから。あんまり難易度は高くないって書いてたけど、正直一年で受かる自信はなかった。

それでもめげずに最近は教科書を読んでいる。まだ読み流す程度だけど、その内しっかり勉強しようと思っていた。

僕がこれだけ焦っているのはやはりクリスのことだった。

クリスは直接言わないが、どう考えても僕がひきこもりだから家に来ているはずだ。自分から見ても僕はひきこもりとしてかなり軽度になってきている。別れの時はそう遠くないだろう。その時が来るまでに少しでも自分に自信が持てるようにしておきたい。でないと今のままじゃあの子に心配をさせてしまう。それは頑張ってくれたクリスにも申し訳が立たないし、努力してる僕自身も嫌だった。

だから少しずつでも前も向いて歩かなければいけない。

それにしても数学は難しい。二十五歳の僕が中学の問題で躓《つまず》いているのは滑稽《こっけい》でしかないだろう。だとしても、僕ができることといえば今やれることをやるくらいだ。

急がないと何年もかかってしまう。それは僕の性格上あまりよくない。どこかでポキリと折れてしまうかもしれないから。

僕はスマホの受験アプリなんかも使いながら、ちょっとずつだけど勉強を続けていった。

気付くと二月になり、外は雪で真っ白だった。

三月。夕飯が終わると僕はあるパンフレットを両親に見せた。

それは高卒認定の勉強をする為のスクールのものだった。調べると僕より歳《とし》を取った人も結構いるらしく、三十代、四十代の人も少なくないらしい。それならなんとかなると思い、ネットで資料請求をして、今日届いたものだった。

それを見て父さんと母さんはきょとんとしてた。

僕はぎこちないまま試験や制度を説明していった。

「……一応今も勉強してるけど、あんまり自信がないんだ。家でやるとどうしてもゲームとかしちゃってさ。だから、春からここに通おうかと……思って……」

「なるほど。そういうことを考えていたのか。知らなかったな。母さんは知ってたか？」

「ううん。初耳だわ。そういう試験があるのは知ってたけど」

二人は驚いてはいたが、別に否定はしなかった。僕は少し緊張しつつ告げた。

「……それで、ここ結構するんだ。八十万円くらい……。けど、できたら少しくらいバイトもするし、お小遣いも減らしていいからさ……。だから……その……」

僕が口ごもっていると、父さんはうんと頷《うなず》いた。

「そうだな八十万は大金だ。だけどなんとかするよ。銀行でローンを組んでもいい。バイトをするのもいいけど、いきなり二つじゃしんどいだろ。まずは学校に行って余裕ができてからでいいよ。返す気があるなら試験に受かってからでもいい。まあまずはやることだ。お金の心配はあとでいい。なんなら私のゴルフクラブを質に入れるさ」

父さんが笑うと母さんも頷いた。

「わたしもパートを増やすわ。だから気にしないでいいわよ」

こう言ってくれるとしみじみと思う。僕はきっと恵まれているんだろう。

本当は甘えちゃいけないんだ。だけど今だけ、この一年だけは甘えさせてもらおう。そしたらきっと来年はなんとかするから。

こんな気持ちになるのは初めてだった。ずっと甘えるのが当たり前だと思っていた。

でもその当たり前が当たり前じゃなくなるのが大人になるってことなのかもしれない。

もしそうなら僕は少しだけ大人になっていた。

入学は四月。すぐそこだ。それまでなんとか中学の内容くらいはおさらいしておきたい。

分からないことも多いけど、それは学校で聞けば良い。今は暗記を頑張ろう。

そうやって僕は昔より覚えの悪くなった頭に英単語や歴史の偉人を入れていった。


次の日。僕が試験を受けるために学校へ通うことを聞いたクリスはすごく喜んでくれた。

「すごいです！　普通そこまで頑張れません。やっぱり俊治さんは努力家ですね」

こうやって聞いていると、クリスは意図的に僕を褒めてくれるのが分かる。でもそれは嘘じゃなく、僕を応援してのことだ。それが嬉しかった。

「まあ、まだ受かったわけじゃないし、中学の勉強で精一杯なんだけどさ。一応高校の参考書も買ってみたけど難しくて……」

「分かります。わたし達も教会でお勉強をしているんですがいつも頭を悩ませてます。新しいことを覚えるのは大変ですよね」

「分かるよ。教科書を読んでるとすごく眠くなる。目と頭が疲れて、すぐに横になっちゃうんだ。あれ、なんなんだろう？」

僕がそう言うとクリスはうんうんと頷いた。こうやって見ると普通の女の子だ。

恥ずかしさもありながら僕はクリスに分からないところを尋ねてみた。

するとすらすらと答えてくれる。僕は感心しながらもその差にへこんでいた。それでも今はなんとか頑張ろうと顔を上げられる。

前より少し心が強くなった気がする。これも全部クリスのおかげだ。クリスが頑張っているから、僕も頑張ろうと思える。一人じゃなにもできないのは昔から変わらない。それでも僕はそんな性格を変えないといけない時が来たんだ。

僕はなるべく平常心を保って告げた。

「……父さんから聞いたよ。今月で最後なんだってね」

そう。別れの時は来る。

僕がそう言うとクリスは寂しそうに微笑し、小さく頷いた。

「はい……。すいません。言うのが遅くなってしまって。……その、タイミングが分からなくて……」

「いや、謝らないでいいよ。僕も薄々は気付いていたから」

この頃になるとクリスが家に来る回数は減っていた。最初は平日のほとんどに来ていたのが一日減り、二日減り、ついには週に二回になっていた。

正直減るたびに寂しかった。それでもクリスにもやることがあるんだと我慢した。

僕はクリスといたい。でもひきこもりからは抜け出したかった。

そしてクリスは僕がひきこもりから脱却する為にここにいる。

クリスの為になりたいなら、僕がどうすればいいのかは分かりきっていた。

それでも、僕は言ってしまった。

「………寂しくなるね」

「……はい。わたしもです。……ですが」

「うん。言わなくていい。分かってるから。ごめんね」

僕がなんとか笑みを作ると、クリスもつらそうにしてくれた。

その顔を見て僕は泣きそうになった。でも決めていた。もう泣かないと決めていたんだ。

それから僕らはいつも通りにお話をして、昼食を食べた。

ふとクリスが取り付けてくれたカレンダーが見えた。クリスに会うのもあと五回だ。

寂しくなった。だけど悲しくはなかった。

カレンダーの横の時計はまだ止まったままだ。すっかり忘れていた。そろそろ新しい時計を買わないと。今度はしっかりと時を刻む時計がいいな。


それから僕は母さんとスクールの見学に行った。

十代の子が多かったけど、僕と同年代の人もいる。年上も見かけた。ここにいる人はみんなそれぞれ事情があって高校を卒業できなかった人達だ。

そう思うと怖くは思わなかった。僕とさして変わらない。若い子なんかには違うと言われそうだけど、外から見れば同じ穴の狢《むじな》でしかない。

　色々と説明を受けると母さんも納得してくれた。

「だけどバスで通わないといけないわね。大丈夫？」

「大丈夫だよ。それくらい」

　最近になると心配されるのも恥ずかしくなっていた。ある程度自分のことは自分でできているつもりだけど、母さんから見ればまだ不安らしい。

「やっぱりもう一台車を買おうかしら。そしたら送ってあげられるでしょ？」

「だからいいって。大体どこに置くんだよ？」

「それは駐車場を借りたらいいじゃない」

「バスで行けるよ。なんなら自転車でだって行ける距離だ。母さんは心配しすぎだよ」

「そう？」

「そうだよ」

　僕は大きな溜息をついた。こんなところをクラスメイトに見られたら最悪だ。マザコンだと思われる。

　だけど案外僕の他にも親と一緒に来ている人は多い。しかも若い子はみんなそうだ。

　じっと黙って俯《うつむ》いている男の子や、もう大きいのにお母さんにべったりの女の子。僕より年上で髭《ひげ》を生やした太った男は落ち着きがなかった。

こうやって見るとみんな子供に見える。きっと少し前まで僕もあの一員だったんだろう。他人が見ればそれは今も変わらないはずだ。

学校を見るとやる気になったけど、学費を見ると焦った。これにバスの定期代がかかるんだからすごい額だ。

余裕ができたらバイトをしよう。僕はそう思い、帰りのバスでスマホにバイトアプリを入れた。最初は簡単な仕事がいいな。そう思うといつぞやコンビニで会ったただらしない男のことを思い出した。あの人ができるなら、僕もコンビニで働けるかもしれない。

未来に進んでいる実感があると気持ちが少し楽になった。

今の僕になら、今までできなかったことができる気がする。そう思うとやる気が出た。


クリスが来る最後の日。

僕はそわそわしていた。寂しさと恥ずかしさが同居して落ち着かない。

クリスは昼前にやってきて、深々とお辞儀《じぎ》をした。

「こんにちは。今日で最後ですが、どうぞよろしくお願いします」

「……うん。こちらこそ」

僕も頭を下げると、クリスは面白そうに笑った。

クリスはさっそく家事に取りかかる。僕はそれを手伝った。

洗濯物を干す時はしわにならないように伸ばす。冬は乾きにくいので早めに入れて部屋干しする。洗い物をする時は洗い残しがないように丁寧《ていねい》に。油ものはつけ置きしておく。掃除は天井から始めて最初に埃《ほこり》を落とす。雑巾で拭いたあとはから拭きする。

全部クリスに教わったことだ。恥ずかしいことに僕はなにも知らなかった。

それから二人で僕の部屋を掃除した。するとクリスがくすっと笑った。

「どうしたの？」

「いえ、申し訳ないですが、最初見た時は綺麗《きれい》な部屋じゃなかったのにと思って。今ではすっかり整理整頓《せいとん》されてるからなんだか笑っちゃいました」

「そうだね。あれから要らないものは捨てたし、カーペットや布団も替えたから」

「頑張ってお掃除したかいがありました」

「……うん。ありがとう」

「いえいえ。こちらこそ」

僕らは嬉しくなって互いに小さく笑った。箒《ほうき》をはきながらクリスは僕に告げた。

「わたし、次から綾さんの担当になるんです」

「……あ、そうなんだ」

僕はそれを聞いてほっとした。

わがままだけど、やっぱりクリスが別の男の世話をするのは抵抗がある。それにもし襲われたら……、いや、それは大丈夫か。こう見えてクリスは強いから。

「はい。最近、綾さんはマリアさんにべったりなんです。この前は一緒に寝てくれないと手首を切るって脅《おど》したそうで」

寂しそうなクリスを見て僕は驚いた。

いつも明るい綾の裏側を知ってしまい、なんとも言えない気持ちになる。

どうにかならないかなとは思うけど、どうにかできる気はまだしなかった。

「あまり俊治さんに言う内容ではありませんが、こういうことはよくあって、一人で担当するとその人に依存しやすいんです。それを緩《ゆる》める為にわたしがメインになって、マリアさんに補佐をしてもらうことになりました。マリアさんは右も左も分からないわたしに色々と教えてくれた恩人なので、少しでも役に立ちたいんです」

「そういうことか……」

依存。その気持ちはよく分かる。僕だってクリスと離れたくない。だけどなんとか我慢できているのはクリスに頼らないことで強くなったところを見せたかったからだ。

本当はずっと一緒にいたいし、いてほしい。だけどそんなわがままはクリスにとっては迷惑だろうし、僕にとってもよくないことだろう。

なによりクリスが望んでいるのは僕が自分の足で立つことのはずだ。

「うん。一応、僕からも連絡してみるよ。人は多い方がいいだろうし」

「本当ですか？　ありがとうございます。きっと綾さんも喜びますよ」

「だといいけど」

「大丈夫です。普段はああいう態度ですが、綾さんは俊治さんのことを気に入ってますから。俊治さんは優しいですしね」

「そうかな？」

「そうですよ。また教会にも来て下さいね。みんな喜びますから」

「時間が合えばね。今は時間を取り戻すために頑張らないと。でも余裕ができたら行くよ」

「はい。お待ちしています」

クリスはいつも通り可愛《かわい》らしくニコリと笑った。

この笑顔をこの部屋で見るのも今日で最後かと思うと、やっぱり寂しくなった。

だけどクリスがいれば綾もよくなるはずだ。病気のことはよく分からないけど、あの子の根本は僕なんかと違って強いから。

だからいつかきっと心の傷は癒《い》えるだろう。そうだ。きっと大丈夫だ。

僕はあまり深く考えず、これから訪れる別れの為に心の準備を整えた。


あっという間に時間は過ぎた。気付けばクリスが帰る時刻だ。

僕は落ち着かない心をなだめながら玄関で靴《くつ》を履《は》くクリスをじっと見つめていた。

クリスは靴を履くと立ち上がり、僕にお辞儀《じぎ》をした。

「今日は教会の職員が迎えに来てくれているんです。ではこれで。また教会でお会いしましょう」

クリスはそう言って微笑《ほほえ》んだ。その笑顔が眩《まぶ》しくて、僕はドキドキしていた。

落ち着かない僕を見て、クリスはどこか不安そうだ。僕は意を決して言った。

「あ、あの……。渡したい物があるんだ……」

「……え?」

驚くクリスに僕は顔を熱くさせながらポケットに手を入れ、細長い箱を取り出した。

「……これ……なんだけど……」

女の子にプレゼントを渡すなんて人生で初めての経験だ。僕の手は呆《あき》れるくらい震えていた。

クリスはぽかんとしてから、我に返ると恥ずかしそうに顔を赤らめて、プレゼントを受け取ってくれた。

「……あ、ありがとうございます。……えっと、開けていいですか?」

「……うん。ガッカリするかもしれないけど」

なにをあげたらいいのか最後まで分からなかった僕は、クリスに似合いそうな物を選んだ。だけどこれは一方的な押しつけで、不要だったらどうしようと不安だった。

クリスはリボンをほどいて箱を開けた。中には十字架が彫刻がされた銀色の懐中時計が入っている。街にある時計屋さんで吟味《ぎんみ》して選んだものだ。

クリスは時計を手に取ると無言で見つめていた。その無言は僕を焦らせる。

「……えっと、時計持ってなかったからどうかなって思って……。その服にも似合うだろうし………。お小遣いを貯めて買ってみたんだ。嫌だった?」

僕が怖々《こわごわ》と尋ねると、クリスの目には涙が浮かんでいた。

「え?　え?　ごめん。嫌なら使わなくていいからさ」

びっくりした僕があたふたしていると、クリスは涙を拭《ぬぐ》いながら首を横に振った。

「違うんです……。その、あまりにも嬉しくて……。すいません………」

クリスは僕に謝りながらポロポロと涙をこぼしていた。それは拭いても拭いても次々と溢《あふ》れてきた。

しばらくして涙が止まると、クリスはすんすんと鼻を鳴らして、ぱちぱちと瞬きしてから顔を上げた。そして今まで一番の笑顔を見せてくれた。

「ありがとうございます。大切にしますね」

「うん。僕の方こそありがとう」

僕らが互いにお礼を言うと、外でクラクションが鳴った。

それを気にしたクリスはまた僕にお辞儀をした。

「じゃあ、わたしはこれで」

「……うん」

クリスはドアを開けて、外へと出ていった。

クリスがいなくなった家は蠟燭《ろうそく》の火が消えたような寂しさが漂う。

心にぽっかりと穴が空くっていうのはこういう気持ちなんだと理解した。

僕はドアをじっと見つめた。昔、僕はこのドアが怖くてたまらなかった。

でも今は違う。僕はドアを開けて外に出ることができるんだ。

僕は衝動に任せて靴も履かずに外に出た。

家の前で黒いセダンに乗ろうとするクリスの姿があった。

僕はその背中に叫んだ。

「クリス！　また会おう！」

クリスは振り返り、ニコッと笑って頷《うなず》いた。

「はい。また会いましょう」

クリスが乗ると、セダンはすぐに走り出した。僕は道まで出て、小さくなる車を見つめていた。

頭の中でクリスと会ってから今日までの出来事が再生される。

胸が熱くなった。寂しさと同じだけやる気が生まれた。今ならなんでもやれる気がした。

僕は涙を我慢した。もし僕が泣いてしまえばクリスが心配するかもしれない。

この日が来るのを知ってから、僕は泣かないと誓っていた。

大丈夫。大丈夫と自分に言い聞かせる。

車はどんどん小さくなり、右折すると見えなくなった。

それとほとんど同時に、曇《くも》っていた空から雨が降り出した。ぽつぽつと始まったと思ったら、すぐに本降りになり、僕を濡らす。

僕は雨に打たれながら空を見ていた。熱くなった体が冷やされていく。

そう言えば雨に降られるのも十年ぶりだ。
心に空いた穴を使命感がゆっくりと埋めていく。
大丈夫。大丈夫。僕はまだ、どうにかやれそうだ。
それができるだけのことをクリスと一緒に積み重ねてきたんだから。
頑張って顔を上げると、遠くの空は晴れていた。

エピローグ

あれから三年が経った。

僕は必死に勉強してなんとか高卒認定試験に受かり、それから専門学校へ通いながら深夜のコンビニでアルバイトをしていた。

正直疲れるし、大変だけど、なんとか卒業が見えてきた。今はＩＴエンジニアとしての職を探している途中だ。

手に職をつける上で僕が好きなことはなんだろうと考えた時、やっぱりパソコンを触ってるのは楽しいなと思い、プログラムの勉強を選んだ。

どこに行っても歳《とし》のことや履歴書《りれきしょ》の空欄《くうらん》を指摘される。それでもここまでやって諦めるわけにはいかないと、内定をもらう為、面接に明け暮れる毎日だ。

昔の自分なら諦めてひきこもっていただろう。だけど今の僕は就職が無理だったら起業でもしてやるって気持ちだった。そうでないと専門学校に行くために借りたお金を返せないからだ。

昔と違って自由な時間はなくなった。それでも嫌な気はしない。

学校では気の合う仲間もできた。好きなアニメの話をしたり、一緒に得意なゲームをやったりして楽しかった。遊びすぎて勉強が手に付かず、危なかったくらいだ。だけどなんとか自分を制御してここまで来られた。

ふと店の窓に映る僕の姿が目に入った。安いリクルートスーツを着て、髪も短く切った。今の僕なら少しは社会人に見えるだろう。歳は取ったけど、今の方が若く見えると両親は言っていた。

あれからクリスとは一度も会えていない。教会には何度か顔を出したけど、タイミングが合わず、話すことはできなかった。

彼女には彼女の仕事があるし、僕には僕の生活があるから仕方がない。本音を言えば今すぐにでも会いたいけど、まだなにも成し遂《と》げていない僕を見せるのは違う気がした。

どうせ会うならクリスを安心させてあげたい。もう僕のことで心配してほしくなかった。

綾《あや》はまだ不安定らしく、時折メッセージが届く。可能な限りそれには答えるようにしているけど、最近はそういった連絡も減ってしまった。もしかしたら僕が忙しいことを察して遠慮《えんりょ》してるのかもしれない。少し気になるけど、クリスとマリアさんがついていれば大丈夫だろう。

父さんは白髪が多くなり、母さんはしわが増えた。でも二人共まだ元気に働いている。むしろ僕がひきこもっていた時よりハツラツとしているくらいだ。

僕も時間がある時や休みの日は家事をしたり料理を手伝ったりしている。最近は少しずつ作れるメニューが増えてきた。この分だとそのうち一人暮らしもできるかもしれない。残念なことにまだ彼女はできてないけど、それもまたいつか機会が来るだろう。

つまり僕はどうにかやっていた。

あとは就職するだけだ。いっそ介護とかも受けてみようかなと思っている。若い子達はあの仕事は嫌だとかきついのは無理だとか言ってるけど、僕はそんなことを言う余裕がない。正社員として働けるだけで満足だ。

それにしても最近は少し疲れた。人と会うと心が少しずつすり減っていくような気分になる。気を付けないと。このまま心を病んでひきこもったら意味がない。

たまには教会に行ってもいいし、また綾と会ってもいいかもしれない。

焦らず、慎重に。だけどなるべく急ぐ。その割合が最近ようやく分かってきた。

少し休憩するかな。腕時計を見ながら嘆息《たんそく》すると町中で見覚えのあるエプロンが見えた。

「あ」と声が重なった。

そこにいたのは随分《ずいぶん》大人びたクリスだった。三年会ってないだけで大人になっている。背も少し伸びてるし、髪も長くなっていた。昔と違い、自然な色気がある。

そりゃあそうか。もう二十一歳だ。僕だって三年経って随分変わった。

時の流れに寂しさを感じていると、クリスはあの頃と同じ可愛《かわい》らしい笑顔を浮かべた。

「お久しぶりです。俊治《しゅんじ》さん。お元気そうでなによりです」

「久しぶり。クリスも元気そうで安心したよ。ミカエルは元気？」

「はい。最近はガブリエルという彼女もできたんですよ♪」

クリスは声も少し大人になっていた。可愛さの中に綺麗《きれい》な音色が混じっている。

僕らは近くの喫茶店《きっさてん》に入った。僕が眼鏡《めがね》ができるのを待っていた店だ。

クリスはどうやら買い物帰りらしい。これから綾の家で夕食を作るそうだ。

「大変そうだね」

「いえ。慣れてますから。俊治さんはどうですか？」

「こっちも大変だよ。やっぱり世間は甘くないって感じだ。だけどまあ、なんとかやるよ」

「はい。その意気です」

相変わらず優しいクリスに僕は大いに救われていた。

一方で僕はかなり変わった気がする。なんというか論理的になった。合理的ともいうのかもしれない。自分の感情も他人の感情もあまり気にしなくなっていた。

それが良いのか悪いのかは分からないけど、社会に順応している気がしている。

ここで僕は昔から気になっていたことを聞いてみた。

「……あのさ」

「はい」

「……なんでメイドなの？」

その問いにクリスは口元に手をあて、可愛らしく微笑した。

「それはわたし達アプリ・ラ・ポルタの創設者であるマザーが家政婦をしていたからです。マザーの仕えていた家には気の弱い息子さんがいて、ひきこもってしまいました。マザーは彼の相手をするようにと主人から仰《おお》せつかったんです。マザーは試行錯誤《しこうさくご》して彼を救い出します。その時の経験を元に我々は動いているのです。その息子さんは今、わたし達の教会で牧師をしているんですよ」

脳裏《のうり》に昔教会で見た写真が浮かんだ。きっとあの時のおじさんがひきこもっていた息子なんだろう。彼も救い出された一人だったんだ。そう思うと急に親近感が湧いてくる。

もう隠す必要はない。

クリスの言葉を聞いて僕はそう思った。信用してくれてるみたいで嬉しかった。

冷静に考えればひきこもりの僕を家から出す為にはまず家に入らなければならない。それが一番自然にできるのがお手伝いさんなのかもしれない。

最初は違和感があったけど、一生懸命家事をして話しかけてくれる人にいつまでも警戒し続ける方が大変だ。

なにより僕は優しさに飢《う》えていた。裏表のない優しさが欲しかったんだ。

「そのアプリなんとかってどういう意味なの？」

「扉を開けて、という意味のイタリア語だそうです。素敵な言葉ですよね」

クリスは幸せそうにはにかんだ。

扉を開けて、か。これはどちらへ向けての言葉なのだろうか？

ひきこもりに対してなのか、それともそれを支援する家族や他人に対してなのか。

きっと、どちらにもなんだろう。どちらもが扉を、心を開かない限り、ひきこもりは解決しない。そんな意味が込められているような気がする。

感慨《かんがい》深さに浸っているとクリスは僕があげた懐中時計を取り出した。

「あ、それ」

「はい。大事に使わせてもらってます」

「そっか。よかった。あの時は本当に悩んだからさ」

　僕は三年ぶりにほっとしていた。未だにもっと良いプレゼントがあったんじゃないかと後悔《こうかい》することもあったからだ。なによりまだクリスとの繋《つな》がりがあるみたいで嬉しかった。

「あ。ごめん。予定があった？」

「いえ、夜まで大丈夫です。マリアさんとの交代があるんですが、最近ちょっと気を遣っていて」

「綾がどうかしたの？」

　不安になって尋ねると、クリスはそれを掻《か》き消すように微笑《ほほえ》んだ。

「いつもではないですが、不安定な時期があるんです。そんな時にわたし達の来る時間が遅れたり、人や予定が変わったりすると落ち着かなくなるみたいで」

「そうなんだ……」

　まだ終わってないんだ。僕は他人事《ひとごと》みたいにそう思った。

　それが自分でもびっくりするくらい乾いた感想だったのでドキッとしたくらいだ。

　この三年、忙しすぎて他人のことを思う暇なんてほとんどなかった。綾と会ったのも二年前のクリスマス会以来ない。

　あの時は「シュンジ君はいいね。前を向けてさ」と羨《うらや》ましがっていたのを覚えている。

その笑顔に寂しさがあったことも記憶に残っていた。

だけど僕は深く考えないようにしていた。自分の生活を立て直すことで精一杯だったし、まだ誰かを支えるなんてできないと思っていたからだ。

心がちくりと痛んだ。

もやもやしたなにかが広がっていく。だけどその一方で僕はそのもやもやと向き合う余裕がなかった。

今はとにかく就職しないと。家族の為にも、クリスの為にも、もちろん僕の為にもだ。

就活が終わったら連絡を取ってみよう。

スマホを取り出して綾からのメッセージがないことを確認したその時、電話が鳴った。

見慣れない番号に出てみると、知らないおじさんの声がした。

「あ、影山《かげやま》俊治さんですか？」

それからの内容はいまいち頭に入ってこなかった。書類がどうこう言ってて、それだけは覚えている。僕はきっと頭の悪い返事を無意識にしていたんだろう。

最後に僕は頭をへこへこ下げて、電話を切った。

それを見てクリスは不思議そうな顔をしていた。

今はクリスが幸運を運んできてくれる天使に見える。いや、僕にとっては本当に天使なのかもしれない。僕はホットコーヒーを飲み干してから、震えた声で告げた。

「………な、内定貰《もら》った………」

言ってから力が抜けた。ようやくだ。この時期までないと無理だと思ってた。

するとクリスは胸の前で手を合わせて喜んでくれた。

「おめでとうございます！　すごいですね！」

「うん……。ありがとう。中小だけどね。この際もうどうでもいいや。あ、内定は分かるんだね」

「そ、それくらい分かりますよ」

「でも掲示板は知らなかったからさ」

するとクリスは拗《す》ねるように唇を尖《とが》らせた。こんな顔を見るのは初めてかもしれない。

僕はすぐさま親に電話をした。二人共本当に喜んでくれた。

心が温かくなって幸せが溢《あふ》れてくる。両親とクリスにはいくら感謝してもし足りない。

両親が今日はお祝いだからとクリスを家に誘った。クリスは少し悩んでいたけど、マリアさんに許可をもらうと頷《うなず》いてくれた。

それから僕らは家に帰ってみんなですき焼きを食べた。母さんがびっくりするほど高い肉を買ってきて、父さんもどこからかとっておきの銘酒《めいしゅ》を取りだした。

照れくさかったけど、父さんと一緒にお酒を酌《く》み交わしたりもした。

「いやあ。よく頑張ったなあ。たいしたもんだよ」

父さんは久しぶりにお酒を飲んでご機嫌だ。母さんは「本当にねえ」と言いながら少し泣いていた。生まれて初めてお酒が美味しいと思った。

そしてクリスは昔みたいに優しい笑顔を向けてくれた。

「おめでとうございます。俊治さん」

「うん。ありがとう」

祝福されると実感が湧いてきた。同時にすこぶる安堵《あんど》する。

そうだ。僕はもうひきこもりじゃない。家族とも上手《うま》くいってるし、人と話すこともできる。仕事にも就《つ》けたし、友達だっているんだから。

僕は誰にも否定されない普通の幸せを手に入れたんだ。

今日という日で僕のひきこもり人生が終わった気がした。


なのに、なぜだかまた心がちくりと痛んだ。

この気持ちはなんだろう?

僕はこれ以上ないほど幸せなのに、それだけじゃダメな気がするんだ。ようやく自分の足で立てたからこそ、しなくちゃいけないことがある気がした。

そう思った時、クリスの携帯からアヴェ・マリアのメロディーが鳴り響いた。途端にクリスが緊張するのが分かった。クリスは電話に出ると打って変わって神妙な表情になる。

「はい。…………はい。分かりました。すぐに行きます」

さっきまで喜びに満ちていた部屋から急激に熱が失われていくのを感じた。

電話を切るとクリスは告げた。

「申し訳ありません。急用ができたので失礼します。この埋め合わせはまた――」

「なにかあったの？」

立ち上がろうとしたクリスは悲しそうな顔をして僕と両親を見回した。

視線が戻ってくると僕は微笑んだ。

「大丈夫だよ。もう僕を気遣わなくてもいいから」

自然と出たその言葉に、クリスと両親は驚いていた。

クリスは俯《うつむ》いてから目を瞑《つむ》り、再び開けると胸に手を当て、残念そうに答えた。

「……綾さんが、手首を切って部屋に籠《こ》もったそうです…………」

クリスの話は衝撃的だった。

綾の母親が家に帰るとマリアさんからクリスが遅れるという報告を受けた。そのことに綾も一時は納得してくれたそうだ。しかし、しばらくしたあと母親は洗面所で手首から血を流して俯いている綾を見つけた。綾は母親に気付くと逃げるように自室に戻り、鍵《かぎ》をかけたそうだ。来てくれるはずのクリスと会えなくて不安になったんだろうとのことだった。

きっと親に心配させたくないと考えたんだろう。その気持ちは僕にもよく分かる。

これ以上迷惑はかけられない。僕だっていつもそう考えて生きてきた。

「もしものことがありますから傷の治療をさせてもらいたいのですが、ドアを開けてくれないそうです。元はと言えば予定を変えたわたしのせいですので、行けば状況が変わるかもしれません。ですから……」

「……僕も行っていいかな？」

話を聞いた僕は居ても立ってもいられなくなっていた。

クリスは少し戸惑っていたけど、僕の気持ちを理解してくれると頷いた。

「……分かりました。綾さんのお母さんから許可が出ればですが」

「うん。それでいいよ」

クリスが綾の母親に折り返すと許しが出た。すると話を聞いていた両親が立ち上がる。

「車で送っていこう」

「わたしが運転するわ。あちらのお母さんも不安でしょうね」

母さんが昔を思い出すようにそう言うとクリスは頷いた。

「分かりました。ですがあまり大人数で押しかけると綾さんも萎縮《いしゅく》してしまいます。申し訳ありませんが、話をするのはわたしと俊治さんだけということで」

それに同意すると、僕らはすぐさま車に乗り込んだ。


クリスの案内で町外れまで走ると、古ぼけたアパートが見えた。その一室に綾と母親は住んでいた。綾の母親は疲れた表情で僕らを迎えた。前見た時より痩《や》せたように見える。

「大丈夫ですか？」

クリスが気遣うと、綾の母親はなんとか笑顔を作った。

「うん。あたしは大丈夫。ごめんなさいね。きっとあの子もちょっと疲れてるだけだと思うけど……」

「失礼します」

クリスは心配そうな表情で一礼し、部屋の中に入っていく。

僕も会釈《えしゃく》してクリスに続こうとすると綾の母親は小さく驚いた。

「久しぶりね。なんだか随分《ずいぶん》しっかりして見えるわ」

「いや、その、普通になっただけです」

「それがすごいのよ」

綾の母親からは尊敬や羨望《せんぼう》に似た感情と、取り残されたような寂しさを感じた。

その視線が僕に僕の卑怯《ひきょう》さを理解させた。

僕は自分が救われたらそれで終わりだと思っていたんじゃないのか？

運良く家から出られて、もうひきこもりじゃないって胸を張ることができて、それで満足してたんじゃないのか？

これだけたくさんの人に助けられ、支えられていたのに、まるで自分一人の力で立ち上がったように振る舞っていたんじゃないのか？

うちの母親が綾の母親を慰《なぐさ》める姿を眺めながら僕は息苦しさを覚えていた。

廊下《ろうか》を歩いていくとすぐに綾の部屋の前に着いた。足下には拭き残された血が残っている。僕にはそれが綾からのメッセージだと思えた。

助けて。誰か助けてと慟哭《どうこく》しているみたいだ。

ああ。そうか。これは僕だ。あの頃の僕そのものじゃないか。

なのに、もう忘れていた。あの苦しみも、悲しみも、時間と共に薄れてしまっていた。

あれだけの悩みがまるでなかったみたいに消えていた。

それはまた別のところで続いていたのに、もう関係ないと目を逸《そ》らしていたんだ。

クリスはマリアさんと状況を確認したあと、扉越しに優しく語りかける。

「綾さん。クリスです。遅くなってすいません。もう大丈夫ですか？　手当てだけでもさせてくれませんか？」

しかし返事はない。その沈黙は僕らに嫌な予想を共有させた。

もし血が止まってなければひきこもりがどうこうという問題じゃなくなる。

死。

クリスの額から汗が流れると、マリアさんが緊張した表情で耳打ちした。

「出血量から考えてないでしょうけど、万が一に備えて救急車を呼んでくるわ。ここは頼めるわね？」

「……はい」とクリスは頷く。

二人の会話を聞いたあと、マリアさんとすれ違った。目が合うとマリアさんは目を見開き、それから微笑した。

「そう。あなたは出られたのね。よかったわ」

「…………僕は、そうです。……だけど」

僕は閉じきったドアを見つめた。するとマリアさんは複雑な笑みを浮かべる。

「そう思うなら、今のあなたにできることをしてあげてちょうだい」

それだけ言うとマリアさんは家の外へと出ていった。

僕にできること。それがなんなのかが分からず、僕はただただ立ち尽くした。

一体なんて声をかけたら綾を救えるんだろうか？　それが全《まった》く分からなかった。

だけどもし救急車なんて来たら綾は傷つくだろう。

また心配をかけたと落ち込むはずだ。それだけは避けてあげたかった。

クリスは優しく声をかけ続ける。

神経が敏感になっていたあの頃の僕に語りかけるように、優しく、静かに話していた。

「綾さん。お腹空《す》いていませんか？　マリアさんが作ってくれたクリームシチューがあるんです。あ。ブロッコリーは入れてないから安心してください」

優しく微笑《ほほえ》みかけながらも、クリスは焦っていた。

刻一刻と時間は過ぎていく。もしも今サイレンの音が聞こえたらと思うと僕はドアの前へと歩き出していた。

「俊治さん……」

クリスは目に涙を浮かべ、不安そうに僕を見上げる。

きっとお兄さんを襲った悲劇が脳裏《のうり》に過《よ》ぎったんだろう。

僕を救ってくれたクリスの力になってあげたい。だけどその不安を拭《ぬぐ》えるだけのものを僕はなにも持ってなかった。

経験も、知識も、覚悟もない。いくら頭を捻《ひね》っても気の利《き》いた答えは出てこなかった。

ひきこもりだったのに、ひきこもりに対してどうしたらいいのか分からない。

当たり前か。人それぞれ悩みは違うし、生活環境もひきこもりになった理由も違う。

ひきこもりを救う方法なんてひきこもりの数だけあるはずだ。

なのに世間はそんな僕らをひきこもりの一言でまとめてしまう。その方が便利なのは分かるけど、まとめられてる方は堪《たま》ったもんじゃない。

でも僕が家から出られたんだ。綾を救う方法だってきっとある。

綾を救いたい。この気持ちだけは嘘じゃなかった。

なら僕にできることをするしかない。今度は僕が誰かを救う番だ。

こんな、どうしようもない僕にクリスや両親がしてくれたように。

僕はドアの前で静かに深呼吸をしてから、気持ちに任せて言葉を紡《つむ》いだ。

「綾。僕だよ。俊治だ。久しぶりになってごめんね。少しでいいから、ドアを開けてほしい。話したいことがたくさんあるんだ」

クリスがしてくれたみたいになるべくゆっくりと、優しく話す。そしてなにより、本心で語らなければ意味がない。

綾は今、不安なんだ。あの頃の僕のように心細くて堪《たま》らないんだ。きっと言い表せない孤独を感じながら、温かさを求めて暗い部屋の片隅で震えているんだろう。僕には想像もできない悩みを抱えていて、それに苦しんでいる。

ひきこもりは迷路だ。その人だけが持つ悩みの迷路なんだ。だけど僕がそうだったように、迷路には必ず出口がある。僕はその出口を綾と一緒に探したい。

大丈夫。きっと見つかる。だって綾やクリスに出会えたことで僕の世界はこんなにも広がったんだから。弱虫の僕にできて、綾にできないわけがないじゃないか。

僕は自分の気持ちを稚拙《ちせつ》だけど本当の言葉で語り続けた。

申し訳なさと助けたい気持ちが合わさり、自然と涙がこぼれた。

まるでひきこもったばかりの自分に語りかけてるような気持ちになる。

あの頃の僕は孤独で、歪みきって、とにかく世界を恐れて憎んでいた。ありもしないものにまで脅《おび》え、時間と心をすり減らしていたんだ。

弱くて、脆《もろ》くて、どうしようもなく子供だった。

ボロボロになって、疲れ切って、世界に見捨てられた気がして落ち込んでいた。

誰も受け入れられず、だからこそ誰からも受け入れられないことに苦しんでいた。

そんな僕だったからこそ、分かることがあるんだ。

寄り添う心があれば、きっと扉は開く。

一人分の涙と体重を受け止められた時、僕はようやく救われた気がした。

【参考文献】

ドキュメント・長期ひきこもりの現場から　石川　清（著）　洋泉社

人を動かす 文庫版　D・カーネギー（著）／山口　博（翻訳）　創元社

「ひきこもり」救出マニュアル〈理論編〉斎藤　環（著）　筑摩書房

「ひきこもり」救出マニュアル〈実践編〉斎藤　環（著）　筑摩書房

ひきこもりはなぜ「治る」のか？――精神分析的アプローチ　斎藤　環（著）　筑摩書房

※この作品はフィクションです。実在の人物・団体・事件などにはいっさい関係ありません。

集英社オレンジ文庫をお買い上げいただき、ありがとうございます。
ご意見・ご感想をお待ちしております。

●あて先
〒101-8050　東京都千代田区一ツ橋2-5-10
集英社オレンジ文庫編集部 気付
猫田佐文先生

ひきこもりを家から出す方法

集英社
オレンジ文庫

2020年1月22日　第1刷発行
2020年3月21日　第2刷発行

著　者　猫田佐文
発行者　北畠輝幸
発行所　株式会社集英社
〒101-8050東京都千代田区一ツ橋2-5-10
電話【編集部】03-3230-6352
【読者係】03-3230-6080
【販売部】03-3230-6393（書店専用）
印刷所　株式会社美松堂／中央精版印刷株式会社

※定価はカバーに表示してあります

ISBN 978-4-08-680301-4 C0193